# 毒入りコーヒー事件

朝永理人

宝島社
文庫

宝島社

# 毒入りコーヒー事件

## 1―1

「ややあ。よく来てくれましたね」

遊歩道の入り口に置かれた立入禁止の柵をくぐり、ささくれだった丸太の階段を上り、途中、左手側に張られた鎖をまたぎ、木々に四方を囲まれた山道を歩いて、ようやくたどり着いた場所で、女は、そこにいた男に、そう話しかけられた。

その空間はまるい形をしていて、傾斜もほとんどない。周囲で葉を茂らす、ニレ、ヤマモミジ、ブナ、イチイ、ヤマザクラ、そしてカエデといった背の高い木々も、そこには生えていない。

「やっほ。久しぶり」

女が手を上げた拍子に、すぐ隣に伸びていた、茎の細いクズの葉に指が触れた。

「よくこの場所がわかりましたね」

近づいてくる女に、螺旋(らせん)のようにうねる髪をかき上げながら、男が言う。

「手紙に、『二人が最後に会った場所』って書いてあったからね。すぐわかったよ」

木が光を遮るぶん、平地よりもいくらか涼しいが、それでも夏だ。女は肩にかけた赤いバッグから、ハンカチをとり出して、額の汗を拭った。息をするたびに、濡(ぬ)れた草と土のにおいを感じる。嫌なにおいではない。耳に聞こえるのは、鳥と虫の声、葉のざわめき。

「ここまで来るのは、骨が折れたでしょう」

座ってください、と男は女を促す。

男が手で示した先には、キャンプや潮干狩りで用いるような、あの動かしがたい子供時代のノスタルジーの象徴、青と白の、アウトドアで用いる折りたたみ式のテーブルが置かれている。テーブル部分には、白いテーブルクロスが敷かれている。

「来た時から気になっていたけど、このデッキチェアって、もしかしてここまで担いで持ってきたの？」

「ええ。呼び出しておいて、地べたに座らせるわけにもいかないですからね」

だいぶ骨が折れました、と男は苦笑いを顔に浮かべた。

四人がけのそれに、二人で向かい合って座る。青い座面は格子状になっている。女の尻に平坦な感触が伝わる。顔の位置が低くなったせいか、木と土の湿ったにおいをひときわ濃く感じた。

「ここに来る前に、屋敷のほうへも行ってみたのですが、今は誰も住んでいないのですね」

「うん。一度ならず二度も、あんなことがあったらね。渦間（うずま）のおじさんもいなくなっちゃったし、あの辺はもう誰も住んでないよ」

「そうでしたか」男はうなずいてから、「あれから、もう一年ですね」と、懐かしむように言った。

一年前、家に向かう道の途中、横の山から、よく似た茶色のレインコートを着た二人組が、自分の目の前に転がるようにして現れた時の光景が女の頭に浮かぶ。

男はまるい空間の一角を見やる。そこには石でできた小さなほこらがあり、その奥にはヤマモミジやブナが生い茂っている。だがそのいずれにも、男の目の焦点は合っていない。見ているのは景色ではなく過去なのかもしれない、と女は推し量った。昨年の騒動で落命した、もう一人のことを考えているのだろう、と。

男はしばらく黙っていたが、近くの木で野鳥がひときわ甲高く鳴くと、はっと我に返ったようだった。

まぶたを何度かぱちぱちとさせてから、男はシャツの胸ポケットから、小ぶりな懐中時計をとり出した。女にも見覚えのある、上蓋のついた、銀色の、空に浮かぶ月を思わせる懐中時計だ。時刻をたしかめると、男はぱちりと上蓋を閉め、ポケットには戻さずに、テーブルの上に置いた。中央に向けて膨らみがあるそれは、少しの間、テーブルの上で細かく震動する。それが止まるのを見届けてから、女は口を開いた。

「それで?」

男は少し間をおいてから、「それで、とは?」と訊(たず)ね返す。

「話したいこと、ってのは、いったいなんなの?」

女は、隣の席に置いたバッグを開けると、中から青い封筒を出し、テーブルの上に置いた。鳥が描かれた八十円切手には、十日ほど前の消印が押されている。宛名の欄には、黒いインクで、箕輪(みのわ)まゆさま、と書かれていた。

東京の、女が一人で暮らすマンションの部屋の郵便受けにこの手紙が入っていたのは、一週間ほど前のことだ。

「一年前、あの嵐の日に起きたことについて、話があります、この手紙にはそう書いてあったけど。でもさ、あの時のことは、大出(おおいで)さんがぜんぶ解決してくれたじゃん」

「そうなのですが」男は頭をかく。「実は、あれから振り返ってみたところ、あの時の推理には、不備があったことに気がつきまして」

「不備？」

「ええ」

女は綺麗(きれい)に整えられた眉を寄せて、

「不備っていうのは」

と言う。「一年前の時のこと？　それとも、お兄ちゃんの時のこと？」

「それが、お恥ずかしいことに、両方ともなんですよ」

「それって」

なおも追及を続ける女の、矛先を逸(そ)らすように、男はそこで肩をすとんと落とすと、

「その話をする前に、コーヒーはいかがですか」

と提案した。

「コーヒー？」

「ここで飲もうと思って、準備してきたんです」

男はそう言って、席に座ったまま、地面から籐編みのバスケットを持ち上げた。下草の陰に隠れて、女の位置からは見えなかったから一瞬、男が手品師のように、何もないところから、それをとり出したのかと錯覚する。

男は自分の隣の席に、バスケットを置き、中から、深緑色をした大きな円筒型の魔法瓶をとり出す。登山家が山で用いるような、大型のものだ。

「そんな荷物を持って、ここまで上ってきたの？　たいへんだったでしょ。デッキチェアだってあるのに」

「雨が降ってなくてよかったですよ」

男は言いながら、バスケットから出したステンレスのカップに、魔法瓶の中身を注いでいく。香ばしいにおいが女の鼻に届く。先にコーヒーを注いだカップを、テーブルクロスの上を滑らせるようにして、女の前に置く。

「どうぞ。カップが無機質で、いささか味気ないのですが、そこはご容赦を。砂糖は二つでいいですか」

「ありがと」

「心配せずとも、毒なんて入っていませんよ」

「趣味が悪い冗談だなあ」

「気になるようなら、カップを交換しましょうか？」

「いいよ、信じるから」

男から差し出された砂糖を、女は立てつづけにカップの中に入れていく。

男から渡されたスプーンで、カップの中身をゆっくりとかき混ぜる。

カップの中、コーヒーが渦を巻く。

白い砂糖が、黒いコーヒーに溶けていく。

するとその回転に同調するように、二人がいる空間にも、風が吹く。はじめは足下をくすぐる程度だったその風は、次第につむじ風のように渦を巻き、その勢いを増していく。下草がざわめく。風がうなる。地面に落ちていた葉が、上昇気流に乗って、巻きあがり、どこかへ飛んでいく。まるい空間に、竜巻が発生する。巨大な何かが、上からその空間に、目には見えないスプーンを差し込んで、ぐるぐるとかき混ぜているようだ。

だが向かい合って座る二人が、自分たちの周囲の風を実際に感じることはない。カップが倒れたり、机上のものが散らばったり、飛ばされたりすることもない。

あたり前だ、これは女が、頭の中でたった今思いついた、空想上の舞台演出なのだから。

嵐と言えば、と。

女は、自らの空想から連想を働かせる。

シェイクスピアが最後に書いたとされる戯曲の題でもある、英語で嵐を表すtempest、その語源であるラテン語のtempestasには、嵐の他に時間という意味があるという。

嵐は天候、ひいては季節に通じ、季節は時に通じる。

あの嵐の夏から、もう一年が経った。

信じるとは言ったものの、念のため、向かいの相手が、先にカップに口をつけたのをたしかめてから、女はカップを口に運ぶ。

クッキーもあるのでどうぞ、男はそう言って緑色の四角い缶をテーブルの上に置いてから、話をはじめる。

男の開口一番は、奇しくも、先ほど女が連想した戯曲の台詞をアレンジしたものだった。

「願わくばこの話が、退屈というものとは無縁な、時の流れを速めるものでありますように」

## 1-2

バスを降りて一呼吸したとたん、濡れた土と草のにおいが鼻いっぱいに飛び込んできて、箕輪まゆは、自分がまた、この村に戻ってきたことを実感した。

毎年来るたびにまゆが思うのは、田舎の空気は都会のものより、鼻の奥まで無遠慮に入り込んでくるということだ。新幹線から電車、電車からバスに乗り換えるたび、徐々に空気の密度が、濃くなっていく気がする。

バス停にしつらえられたトタンの屋根で、地面のアスファルトで、雨が砕ける音を立てている。

まゆをここまで運んだバスが、濁った水を路肩に跳ねあげながら、バス停から遠ざかっていく。喜常(きつね)の駅で乗ってから、終点のここに来るまで、乗客はずっとまゆ一人だけだった。

手首にかけていた傘を開いてバス停を出た。とたん、ばちばちと、打ちあげ花火の残響のような音が傘で鳴る。雨粒が大きいから、柄を握る右手に細かい震動が伝わる。

路肩では排水溝が、ごぼごぼと音を立てていた。

家族からは駅まで迎えに行くと言われていたが、その申し出は断っていた。姉と母のどちらが来るにせよ、一年ぶりに会う家族と、短時間とはいえ、車内で二人きりになるのは居心地が悪い。

それなら雨が降っていても、一人で歩いたほうが気が楽だ、大した距離でもないし。と思っていたのだが、唯一の誤算は、想像していたよりも雨がずっと強かったことだ。

まゆの舌打ちは、雨音にかき消された。

雨で黒くなったアスファルトの、白線で区切られた路肩を歩いて行く。

レインブーツの裏で水がぴしゃりと音を立てる。このレインブーツは去年の五月、まゆの誕生日に、恋人が買ってくれたものだった。正確には当時つき合っていた人だから、元恋人になる。いや元々恋人だ。名の知れたブランドのもので、つき合っていた時分も、別れてからも、雨の日になるときまってそれを履いていたが（まゆは別れたあとも恋人からの贈り物を使い続けるタイプだ）、今日は別のを履いてくればよかった、と後悔した。この村にこのブーツはもったいない。パンプスで登山に臨むような、もしくはドレスで業務用スーパーに赴くような、そんな場違い感がある。うんざりした気持ちを蹴飛ばすように、地面に靴底をこすりつけて、ついていた細い葉っぱと泥を落とした。

傘の下から一年ぶりの村を見る。昨年まではあった家がなくなっていた。まゆにそれがわかったのは、家が並ぶ中に、ぽっかりと歯抜けみたいになっている箇所があるからだ。だけどそこにどんな家が建っていたかは、いくら考えてみても思い出せなかった。ただそこにあったものが、なくなったことだけがわかった。

電柱には、車に乗っていたら見落としてしまうに違いないほど塗装が薄くなった看板が、錆びた針金で結びつけられていた。ガードレールの向こう、畦から生えた雑草が、アスファルトの上、横倒しになっていた。畦で区切られた田んぼでは、稲穂が降りしきる雨に打たれている。その奥には鬱蒼と茂る木々、山々。

都会の喧噪に疲れた人ならば、癒やしを見出せるのかもしれない風景だが、まゆの琴線にはまったく響かない。

道はなだらかな上り坂になっている。歩いているうちに、まゆの視界から、ただでさえ少ない家々がさらに減っていく。

雨のせいか過疎化のせいか、歩く途中、誰ともすれ違わない。

家が近づくにつれて、まゆの気持ちは徐々に滅入っていった。

心なしか、目に映る景色も色褪せていく気がする。そうだそうだ、とまゆは思い出す。学生時代は毎日こんな気分で日々を過ごしてたっけ、と。

十五分ほど歩いたところで、「あれ、もしかしてまゆちゃん?」と太い声で名前を呼ばれた。

まゆは顔を上げ、声のしたほうを見た。道の右手にある家の門の前で、背の低い、小太りの男性が、傘の下、まゆに手を振っていた。

「渦間さん」まゆが呼びかけると、相手は、まるい顔をくしゃっとさせる。

「どえらいべっぴんさんがとおりかかったから、誰かと思ったな。やっぱし都会にいっと垢抜（あかぬ）けるもんだねえ」

渦間は、箕輪家の隣人だった。隣人と言ってもそこは田舎、距離にして五百メートルくらい離れているのだが。

まゆたちがこの村に越してきた時点で、渦間はもう就職し、村を離れていたが、休みになるとちょこちょこ戻ってきていて、その都度、まゆたち姉妹をかまってくれた。家で漫画を読ませてくれたり、どこかに連れていってくれたり。何かたのむと決まって、「女の子のお願いは断れないのが俺の弱点なんだよ」と、にやっと笑って聞いてくれたのを覚えている。

まゆが渦間と会うのは数年ぶりになる。今は四十歳くらいだろうか、まるっこいえびす顔は今も健在で、昔よりおなかにだいぶ肉がついたぶん、福々しさが増していた。それにしてもそのタンクトップはどうにかならないかな、とまゆは、毒々しい紫色に目をちかちかさせながら思う。

「久しぶりじゃんか。で、どうしたんよ？　里帰りかい？」

「ま、そんなところかな」

まゆの煮え切らない返事を聞いて、渦間は思い至ったように、「ああ、もうそんな時期かい」と、今までより低いトーンで言った。「何年になる？」

「十二年」

「そんなら、今年でちょっと一区切りだな」

「そんな神妙な顔しないでよ。することって言ったら、家族みんなでごはん食べるくらいだし。というか、渦間さんこそどうしたの。里帰り？」

まゆの質問に、渦間は顔を曇らせた。

「や、それがよ。実は、ちょっと前から親父が入院しててさ」

傘を差すのとは逆の手で、大きな耳を触りながら言う。

「え？　そうなの？」

「今年の六月に、ひどい雨があったろ。そのせいで家の屋根が雨漏りしてさ。直そうとして屋根に上る途中で落っこちて、脚の骨を折っちまったんだ」

「そうなんだ」想像するだに痛そうだ。「じゃあ、着替えとかとりに？」

「それもあるんだけどさ。ほら、数年前にお袋が死んでから、親父、ここにずっと一人で暮らしてただろ。退院しても、ここに一人にするのは心配だから、一緒に暮らそうかと思ってんだよ」

「え。渦間さん、こっちに越してくるの？」

渦間は現在、妻と息子二人の四人で、この県内に暮らしている。上の子は、今年中学生になったばかりだ。

「違うよ。親父が俺の家に来るんだ」

「あ、そっか。でもそれじゃたいへんだ。お姉さんはなんて言ってるの？」

渦間には三つ上の姉がいた。こちらはあまり実家に戻ってこないようで、まゆも数えるほどしか会ったことがなかった。

「姉貴も向こうの家のことがあるからなあ」

渦間は屈託した表情で肩をすくめた。

「まあ、今すぐ家を売り払う、ってことにはならないと思うけど、徐々に身辺整理、っつうか、あとで楽なように、今のうち、めぼしいものを運び出しておこうと思ってさ。このところ、手が空いた時にちょこちょこ来てるんだ」

家の前には大型のバンが停めてあった。バックドアの窓にまゆが目をやると、荷室に、棚や椅子が積まれているのが見える。

渦間の家族は、夏休みで妻の実家に遊びに行っていて来ていないという。

「そのかわりに、って言っちゃなんだけど、姉貴から娘たちを預かってくれるよう頼まれててさ、今日はその子たちも連れてきたんだけど。これじゃどこにも行けないよなあ」

渦間は空を見て言った。

「今日はやめておけばよかったかもなあ。海のほうに抜けるって話だったから強行軍で来ちゃったけど、進路が変わって直撃コースだろ。ラジオで聴いたけど、電車やバスも軒並みストップしてるってよ」

「え？　そんなにひどいの？」

「最近の雨は予想できないからな。過去に体験したことない規模の雨量ってのが毎年あるし。それもこれも温暖化による異常気象だよ、異常気象」

相槌（あいづち）を打ちながらまゆは、バスに乗っている途中、窓から見た、村を流れる川の水かさが、記憶にあるよりもずっと高くなっているように感じたことを思い出す。

予定どおりに明日帰れるか、少し心配になってきた。

渦間と別れ、歩くのを再開する。

まゆが歩く道の左右は、どちらも上り傾斜になっている。

千殻（ちがら）村は、周囲を山で囲まれた小さな村だ。

まゆの左手側の山を越えた向こうには、喜常という町がある。先ほどまゆが電車からバスに乗り換えたのもそこだった。

直線にすればたかだか一、二キロという距離だが、地理の関係で、千殻と喜常を行き来するには、山をぐるっと迂回（うかい）しなくてはならない。時間にして、車でおよそ三十分。まゆが通っていた高校は喜常にあったため、当時は早起きするのに苦労した。

幼いころ特有の無鉄砲で、一度山を越えて向こう側にいけないか試したことがあるが、傾いた地面に足をかけて、木と木の間を分け入って、数メートルもしないうちに、傾斜のきつさと鬱蒼と茂る木々に、命の危険を感じて音をあげた。

地続きである以上、越えることは不可能ではないのだろうが、リスクとリターンがあまりにも見合わない。

そこでまゆの頭に、高校時代の同級生の顔が浮かぶ。ぐり子という同級生が、この山の中にある家に嫁いでいた。

矢倉という男が、何をしているか、詳しいことをまゆは知らないが、田舎の空気を飛び交う流言飛語によると、株の売買や投資で大金を稼いでいるという。地元の人間ではなく、人間嫌いが高じて、山中に屋敷を建てたらしい。そんな人間嫌いとぐり子がどう出会い、結婚にまで至ったのか、聞いたような気もするが、まゆはあまり覚えていなかった。

二人の同級生たちは、玉の輿だの、これで将来は安泰だのと口さがなく言っていたが、まゆに言わせれば二十歳そこそこで結婚し、こんな田舎に腰を据えて生きる人生は安泰どころか沈滞だ。もちろん考えかたは人それぞれなので、その価値観を否定するつもりもなければ、まゆの中で、ぐり子の価値がどうこうなるということもない。ただ、なんだかなあ、と思うだけだ。

傘をまわして水滴を周囲に飛ばす。まゆの頭の中では、高校時代、流行(はや)った音楽が鳴っている。同年代の女の子たちが踊りながら歌っていたキャッチーなメロディーを口ずさんだとたん、甘くて苦いノスタルジーに襲われた。あのころはよかったな、とはちっとも思わないが、だからといって、思うところが何もないわけではない。

坂道を一歩上るたびに、まゆの意識は、自分の内側へ内側へと潜っていく。下流から上流にいくにつれ川が細くなるように、だんだんと視野が狭まっていく気がした。

ブーツについた葉や泥を払うのはきりがないとわかったので少し前にやめていた。だから今となっては、まゆのブーツは貼り絵作家のキャンバスのようになっている。だんだんと重たくなる足を惰性で動かしながら、ようやく家までもう一息、といっても残り二百メートルほど、というところまで来たその時、左側の山から、何かが転がるように飛び出してきた。

## 1―3

「なあ。なあ、ってば。おい。聞こえてるなら返事しろよ」

「なんだよ、うるさいな」

「ここはどこなんだ」

「何回同じことを訊(き)けば気が済むんだ。見てのとおりだよ、ここは山の中だ」

「山の中にいるのはわかってるよ。山の中の、どの辺りだって訊いてるんだ」

「それについても今までと同じ返事をするしかない。つまり、わからない、だ。いい加減に答えの出ない問いをくり返すのをやめろ、哲学者でもあるまいし」

「あ、おい。ちょっと待ってくれよ」

「いいから黙って足を動かせ。置いていくぞ」

「待ってくれってば」

「袖を引っぱるなよ。なんだってんだ」

「ここ、前にもとおった気がするぞ」

「何を馬鹿なことを」

「あの木、ついさっきも見た覚えがある」

「気のせいだろう」

「いや、きっとそうだよ。枝がなんだかトナカイの角みたいだなと思ったんだ」

「木の枝なんて、たいがいトナカイの角みたいだろうが」

「それだけじゃない。幹のこぶも、人間の顔そっくりだったんだぞ」

「あまねく木のこぶは、人の顔に見えるものなんだよ」

「まさかさっきからずっと同じところをまわってる、なんてこと、ないよな」

「遊園地にあるコーヒーカップみたいに？　そんなわけないだろ。変なこと考えるなよ」

「でもさ、もう五時間以上、山の中をさまよっているんだぞ？　こんなに長時間歩いていて、どこにもたどり着かないなんてことがあるか？　もしかして、森に住む妖精にからかわれているのかも」

「落ち着けって」

「くそ。矢倉のところから宝石を盗むまでは首尾よく進んでいたのに。どうしてこんなことになってるんだ」

「さあて、どうしてだろうな」

「え？　覚えてない？」

「なんのことやら」

「なら思い出させてやるよ。きみがショートカットだと言って、けもの道とも呼べないような木と木の間に入ったからだ。いくらこっちが道なりに行ったほうがいいって言っても、きみってば、ちっとも聞かないんだから」

「仕方ないだろう、見るからに近道、って感じだったんだから」

「きみだって、歩いてる途中でわかっただろ、これはどうやら道を間違ったな、このまま行ったら戻れなくなりそうだな、って」

「いや、これっぽっちも」

「現状認識力に難がありすぎる」

「どころか今でも正しいと信じている」

「自分を信じるのはいいけど、それは狂信的だぞ。だけどさ、実際、相当まずいって、今の状況。矢倉にだって、あの女中からとっくに連絡が行ってるだろうし。今ごろは警察に通報されてるに違いないよ」

「いやあ、それはないと思うけどな」

「頼むから現実を見てくれよ。３Ｄ眼鏡でもかけてるのか」

「いや、これに関しては根拠がある」

「根拠だあ？」

「あっちだって、泥棒が入ったことを表沙汰にしたくない事情があるってことさ」

「そういえば雁木（がんぎ）の爺（じい）さんも、我々に仕事をよこす時、そんなことをほのめかしていたっけ」

「ああ。あいつの話しぶりから察するに、矢倉も、真っ当ではないやりかたで手に入れたんだろうな」

「宝石の出所を調べられたら、自分も困るってわけか。だから通報できない、と」

「そういうことさ」

「でもそれなら、警察ほど遵法精神がしっかりしてない連中に頼むんじゃないか？

殺し屋とか探偵とかマフィアとかさ」

「マフィアはともかく、矢倉がそうした連中を追っ手としてよこす可能性は高いな。出所が怪しい宝石を持ってるくらいだ、そういうコネクトの一つや二つ、あってもおかしくない。むしろないほうが不自然だ」

「おいおい。危険度としてはたいして変わらないじゃないか。どうするんだ、もし捕まったら、爪を剝がされたり地面に首まで埋められて顔にムカデを這わされたりまわる水車に体をくくりつけられてぐるぐるされたりするんじゃないのか。嫌だぞそんなの」

「まあ大丈夫だろう」

「なんでそんなにのんきなんだよ」

「これに関しても根拠はある」

「聞かせてもらおう」

「平常な思考力の持ち主なら、よもや宝石を盗んだ泥棒が、まだこんな山の中をうろうろしているなんて考えるはずがないからさ」

「なるほどねえ。まったくもってそのとおりだ。すごいや。と、言うとでも思ったか？」

「思っていた」

「きみは見とおしが甘いんだよ。今回に限らず、何事にもね。よくそれで今までやってこられたもんだ」

「それもひとえにおまえが隣にいてくれるおかげだよ。心から感謝している」

「どういたしまして、と言う気力もないよ。ったく、こんな山の中じゃあ、いくら価値があるったって、宝石なんて持っててもしょうがないよなあ、って、あれえ？」

「どうした？　ハチドリの羽みたいにまぶたをしばたたかせて」

「向こうに見えるの、道じゃないか？」

「何？　そんなわけが」

「いや、間違いない。ちょっと見てみなよ」

「見えない」

「ちょっと立ち位置を変えてみなよ。もう少しこっちに寄って。きみは背が高いんだから、身をかがめてさ。ほら、そこの枝の間から覗(のぞ)いてごらん。そう、そこだ。どうだ？　自然界ではお目にかかれない、のっぺりしたアスファルトが見えないか？」

「本当だ」

「やった」

「よかった」

「助かった」

「サンキュー文明」

「ビバ道路。さ、早く行こうぜ」

「わかってるよ。ちょっと待ってくれ。さんざんっぱら歩きまわって、もう足が棒になってるんだ」

「情けないなあ。っと、危ない。気をつけろ。そこ、段差があるぞ」

「え？　どこだ？　って、うあっ！」

「だから言わんこっちゃない、って、お、おい、押すなよ」

「そ、そんなこと言ったって、足が言うことを聞かないんだからしょうがない」

「だから押すな、って、っと、と、うわっ！」

「うわあああ」

「うわあああ」

## 1-4

左手の山から、目の前に飛び出してきたものを、まゆははじめ、その大きさと色合いから、てっきり熊か猪かと思った。

いきなりのことに動けずにいるまゆの前で、それは二つに分かれた。そこでまゆはようやく、出てきたのが野生動物ではなく、二人の人間だとわかる。二人ともレインコートを着ていて、フードまでかぶっている上、もみくちゃになって出てきたから、とっさにはわからなかったのだ。

二人は、道の上でよろけたが、なんとか転ぶのをこらえたようだった。すると二人のうち、背の低いほうがもう一人に向きなおり、指をつきつける。

「きみってやつは、本当に話を聞かないな。僕が足元に気をつけろって言ったのに」

「あんな直前に言われても無理だ。あと二、三歩前に言ってくれないと」

もう一人が言い返す。

二人のレインコートには、葉っぱや木の実がたくさんついていた。靴は泥だらけ。出てくる時に巻き込まれたのか、折れた枝や葉っぱや木の実が、まるでフランス料理の皿の上の装飾みたいに、言い争う二人の周りに散らばっている。

「言いがかりはやめろ。僕が注意を促したのは、ちゃんと二、三歩前だったはずだ。話してる間も、足を止めないきみが悪いよ。人の話はちゃんと聞けってママに教えてもらわなかったのか?」

「それなら、注意喚起する前にまず、『止まれ』、って言うべきだろう。『止まれ。そこ危ないぞ』って言ってくれないと、歩いているほうだって、惰性が働いて、すぐには足を止められないだろう。撃つぞ、と言う前に、動くな、って言うのと同じだ」

「きみってやつは相変わらず自分の非を認めないな」

「壁に両手をつけて、どっちの言い分が正しいか考えてみるんだな」

「それを言うなら胸に手をあててだろう。動いたら撃つつもりかよ？　だいたい、あらためて考える必要も、考えをあらためる必要もないよ、何しろ正しいのは僕だからな」

「いいや、俺だね」

「いいや、僕だ」

と、そこで登場早々、丁々発止やり合っていた二人が、急に静かになった。何故か。傘の下、呆気（あっけ）にとられて棒立ちになっているまゆに気づいたからだ。

最初に背の低いほうがまゆに気づいて、そちらを見た。もう片方も、それにつられて、同じほうを見る。

レインコート二人の視線と、まゆの視線が結びつく。教室で浮きがちの子が何か発言したあとに、いっせいに場が静まりかえった時のような、居心地の悪い静寂が場に満ちる。

そんな静けさを、最初に打ち破ったのは、レインコートを着ている二人のうち、背の高いほうだった。

これがシェイクスピアの戯曲だったら、あなたは本当に人間の娘ですか？　と聞くところだが、背の高いほうの男の口から出てきたのは、

「ここはどこですか」

という、いささかひねりのないものだった。

いつでも逃げられるよう警戒は解かないまま、まゆは、「ここは千穀だよ」と、村の名前を口にする。

ずぶ濡れの二人は顔を見合わせた。それから、背の低い、切れ長の目をしたほうが、おずおずと、「喜常町じゃなくて？」と、先ほどまゆが電車を下りた町の名前を口にした。

まゆは、今二人が飛び出してきた、木が茂る斜面を見上げて、

「喜常は、この山の向こう側だね」

と言った。

「ええ？」

二人の声が綺麗に揃った。

フードをかぶっていても、二人がぽかんとしているのがまゆにはわかった。そしてその様子から、うっすらと、彼らがここに現れるに至った経緯も予想できた。

だから、まさかね、とは思いつつも、「間違ってるところがあったら言ってね」と、前置きをしてから、その仮説を口にする。

「もしかしてだけど。喜常に行くつもりが、山をはさんだ反対側の、こっちに出ちゃ

った、とか？」

少しの間、二人とも黙っていたが、じきにお互いを見合う。それから同じタイミングで、まゆのほうを見て、やはり同じタイミングで、こくり、とうなずいた。

「ええ？　嘘でしょ？」

まゆは素っ頓狂な声を上げた。この山は、喜常のほうには温泉宿や別荘などが点在しているため道がとおっているが、千殻に面した側は、ほとんど未舗装のままである。二人が出てきたところなど木や草が生い茂っていて、けもの道にさえなっていない。こんなところを越えてくるなんて、まゆには信じられなかった。

「で、でもさ。そういうことなら、リカバーはきくよ」動揺しながらまゆは言った。「ここから、喜常町まではバスで行けるから」

それを聞いた二人の緊張があからさまに緩んだ。少し下がった肩から水滴が滑り落ちる。

「あ、そうでしたか」

「うん。七百円くらいかな。お金は持ってる？」

「それは問題ありません」背の高いほうが胸元をぽんぽんと叩く。「バス停は、この坂道をおりたところですか」

「うん。まっすぐ歩いて十分くらい」

「いやはや。ありがとうございます。助かりました」

そう言って、歩き出そうとする二人に、まゆは、「あ、ちょっと待ちなよ」と声をかけた。

「今から行っても、しばらくはバス来ないよ」

千穀村のバスは三時間に一本、まゆがバスを降りたのがだいたい三十分前のため、次に出るのは、今からおよそ二時間半後だ。

「その間、そんなびしょ濡れの格好で待ってるつもり？」

そう言われても、という面持ちで、二人が顔を見合わせる。

「ひとまず、うちまで来なよ。私のうち、ここから歩いてすぐ近くなんだ。時間が来るまで雨宿りさせてあげる。それに、こんな泥まみれで乗車されたんじゃ、バス側だって迷惑だよ」

別に聖人君子を気どるつもりがまゆにあったわけではない。だがこの雨の中、家から二百メートルくらいの距離で、傘も持っていない人を見かけて、それをほったらかしておくことはまゆにはできなかった。家についてからも、私がこうしている間も、あの人たちは雨に濡れてるのかな、と考えて、気持ちがむずむずしてしまう。

何より、まゆの目は見抜いているのだった。フードの上からでも、背の高いほうの男が、かなり自分好みの顔立ちをしていることを。

# 1－5

二人はそれぞれ、大出と小檜山と名乗った。背の高いほうが大出で、もう一人が小檜山。

二人は傘を持っていなかった。山道を歩く途中でぼろぼろになってしまったという。傘の定員は二人までで、まゆとしては大出と相合い傘でもよかったのだが、それで小檜山を濡らしてしまえば、いかにも人によって対応を変える子みたいだし、何より本人たちが、ここまで汚れてしまえば焼け石に水、というか濡れねずみに水、という感じだったうえ、家までもう目と鼻の先だったので、傘を差したまゆが、濡れた二人を先導するようにして、急ぎ足で家まで向かった。

道がアスファルトから砂利道に変わり、間もなくして家にたどり着いた。たかだか二百メートルとはいえ上り坂だとそれなりに時間がかかった。

家の手前の車寄せには、車が二台とも停まっていた。全員家にいるな、とまゆは判断する。

鉄門越しに見た家は、まゆの記憶にあるままだった。一年前と比べて、何かが変わったという感じもないし、特筆するほどどこかが古ぼけているわけでもない。

茶色い煉瓦の壁に、それよりももっと深い焦茶色の片流れ屋根。正面が南を向いた、二階建ての洋風建築で、東西に長い形をしている。家族三人で住むには、いや四人でも、五人で住むのだって広すぎる家。

村にある他の家と並べれば、VRのように浮きそうな佇まいだけど、さいわい、隣家とは離れてるので、そうならずには済む。

「大きなお家ですね」

フードの下で、大出が目を見張った。

「田舎あるあるでしょ。必要以上に広い家」

「もしかして、きみの家ってお金持ちさんなのかい？」

声を高くした小檜山を、大出が、「はしたないぞ」と言わんばかりににらみつけた。

「そんなことないよ」まゆは肩をすくめた。

父の箕輪征一が、知人からこの土地と家を買ったのは、今からおよそ十五年前だと聞いている。

箕輪家は代々続く文具メーカーで、長男だった征一もまた社長の地位に就いていたが、その座は、今から十二年前に、その弟、つまり今日来る予定のまゆの叔父に譲渡されていた。

「文具メーカーで、箕輪って、もしかしてミノワ文具か？」小檜山が目を大きくした。

「驚いたな。学生のころからずっと日記帳を使ってるよ」

「おまえ日記なんてつけてたのか」驚いたな、と大出が言った。

門扉の把手(とって)に手を伸ばす。傘の庇護下(ひごか)をはずれたとたん、右手に容赦なく雨が降り注いだ。慌てて傘を前に傾ける。地面と水平になったびしょ濡れの把手を、下方向に九十度ひねってから前方に力を込めると、三メートルほどの高さの門が、きしむ音を立てながら開いた。

二人を招じ入れたあとで、降りしきる雨に急かされるように把手をまわした。把手は垂直ではなく、微妙に斜めになっているが、閉まってはいるし、これ以上手を雨に濡らしたくないので、そのままでよしとする。庭の敷石を踏みながら、玄関へと向かう。玄関ポーチの屋根の下に入ると、雨音が遠ざかる。雨脚は先刻よりも強くなっていた。今夜は大雨になるかもしれない。ちゃんと帰れるだろうか、とまた危惧する。

傘を閉じて水滴を払うまゆの横で、レインコートの二人もようやくフードを脱ぐ。大出の顔を見て、まゆは、自分の見立ては正しかったことを知る。大きな瞳に、すっととおった鼻。まゆ好みのはっきりした顔立ちだ。長めの黒髪には、もともとの髪質かそれとも雨の湿気のせいか、強めのウェーブがかかっていた。

小檜山のほうは横を短く刈り上げた短髪で、てっぺんだけが金色に染まっている。アフリカの色鮮やかな小鳥をまゆは連想した。

ドアの横の八分音符が描かれたドアベルを押す。いったん途中でつっかえるようになるので、そこからもう一押しを加える。ぴん、まで鳴ったところで、もう一押しして、ぽーん。

　ドアベルの下にはシールを剝がした跡がついていた。兄の要（かなめ）が子供だった時分、ウエハースチョコレートのおまけのシールを貼りつけたのを、あとから剝がしたら、のりが残ってそうなったのだと、まゆは父から聞かされていた。

　しばらく待っても反応がないから、もう一度ドアベルを鳴らそうかと思ったところで、ドアの向こうで、人の気配がした。鍵がはずれる音がして、ドアが開く。

　相手の姿が見える前から、ドアの開きかたで、向こうにいるのが誰だか、まゆにはわかっていた。この自信なさげな開けかたは、間違いなく姉のひとみだ。母の虹緒（にじお）ならもっと勢いよく開けるはずだし、父はまず出てこない。

　案の定、「はーい」という間延びした声とともに、ひとみが顔を出した。

「あ、おかえり、まゆちゃん。雨は大丈夫だった？　何時のバスに乗るか教えてくれれば、迎えに行ったのに」

　ひとみの言葉は語尾の、「に」にスタッカートがかかった。まゆの斜め後ろにいるレインコート×2に気づいたのだ。ドアのレンズ越しでは、前に立つまゆに隠れて見えなかったらしい。

　ひとみの口は、「に」から、しだいに、ちくわでもくわえたみたいな形に変化していった。

そのぽかんと間の抜けた顔を見て、まゆはうんざりする。

必要最低限のメイクも、肩までで切り揃えた髪型も、襟がくたくたになったTシャツも、まゆの目にはひどく垢抜けなく映った。下にはいているのはあろうことか、ザ部屋着、部屋着オブ部屋着の、グレーのスウェットである。眉の整えかたは二世代も前の流行りだし、髪型だってショートカットと言えば聞こえはいいが、その実は、楽だからそうしているだけだ。

もっとファッション雑誌とか読んでお洒落(しゃれ)に気を遣えばいいのに、私の姉なんだから素材は悪くないはずなのに、とまゆは思うが、言ったところで、見せる相手がいないから、と流されることは容易に想像がついた。というか実際に一度、そう言われたことがある。善意によるアドバイスをさらりと聞き流されるのも面白くないし、結婚相手に裏切られて家に戻ってきた境遇を考えれば、見せる相手がいないのもあながち間違いでもないだろうから、そうなるとまゆとしても、これ以上言わなくてもいいか、となる。お姉ちゃんはそのままでいいんだよ、あ、これ皮肉で言ってます。

「えっと、まゆちゃん。その二人はお友達?」

まゆから視線を動かさないまま、ひとみは訊ねた。二人と目が合わないよう眼筋に力を入れているのがまゆにはわかる。

「ううん。途中で会ったの」

ことさらに標準語を意識して、まゆは言った。帰省先のイントネーションは感染力の強いウイルスのようなもので、気を抜くとすぐにうつってしまう。

「途中って」

「バスを降りてから、ここまで歩いてくる途中」

端的に答える。「山を歩いてたら道に迷って、喜常に出るつもりが、反対側のこっちに出ちゃったんだって」

妹の説明を聞いたひとみはよほど驚いたのか、またぽかんと口を開けて、「そんなことが」と独り言のように呟いた。この雨の中、あの山を越えてきたって聞いたら、そういう反応になるよね、とまゆは思う。私だってびっくりしたもん、と。でもその間抜けな顔はみっともないからあまり人前でしないほうがいいかな、と。

「でさ、次のバスの時間まで、まだ時間あるし、ちょっと雨宿りさせてあげようと思って。いいでしょ？　いいよね？」

「え、えっと」

なおもひとみがあたふたしていると、そこで廊下の奥から、母親の虹緒が現れた。

「おかえり、まゆ」

藍色の七分袖のワンピースは、姉よりはずっと部屋着感が薄かったから、まゆはほっとする。ひとくくりにした髪は、去年まゆが見た時よりも長い。その顔は、まゆの目に、相変わらず若く、どころか幼くさえ映った。

　顔立ちも性格も、まゆは母親似と言われることが多いが、まゆ自身は、あまり実感がなかった。猫っぽい顔立ちや、ほっそりとした骨格など、容姿の点ではうなずけるところが多いが、内面はどうだろう、と首をひねるところだ。

「ただいま。久しぶり、お母さん」

「濡れなかった？」

「私は傘があったから大丈夫だったけど」

と、まゆが流れで後ろ二人のことを説明すると、虹緒は「あらあら」と同情するような視線を向けてから、「とりあえず中に入りなさいな」と、ポーチに立っていた三人を中へと促した。「そこでドアを開けっぱなしにしてたんじゃ、雨が入ってくるでしょ。あ、ストップ。いったんそこで。今タオルを持ってくるからね。そのまま上がられたんじゃ廊下がびしょびしょになっちゃう。いったんそこでコートを脱いで。ほら、ひとみ。ぼーっとしてないで洗面所からバスタオルを持ってきてちょうだい」

　虹緒はてきぱきとした指示を繰り出していく。母がひとみのほうを見た時に、髪を高い位置で結ったシュシュが見えた。去年、まゆがお土産に買ってきたものだ。ふだんからつけているのか、娘が来るから義理でつけたのかの判断はまゆにはつかない。

「あ、うん」

つっかけをスリッパに履き替えて、ひとみが廊下を走っていく。ばたばたとした走りかたは、まゆの目にはことさらぶざまに映った。

ひとみが姿を消してから、虹緒はまゆを見た。「さ、まゆも、この二人は私に任せて、先にお父さんに顔見せてきちゃいなさい。お父さんは書斎にいるから」

「はーい」

ブーツを脱いで、スリッパに履き替えた。他人の目があるので振り返って靴を揃える。ブーツは泥だらけだった。細かい傷を見つけて、憂鬱な気分になる。やっぱり別のを履いてくればよかった、と後悔した。

大出と小檜山に目配せしてから、玄関前の廊下を左に折れた。左右に並ぶ、キッチンやリビングに繋(つな)がるドアを横目に、西側に進む。つき当たりまで行くと、正面に焦茶色のドアがある。そこが書斎の入口だった。

ドアをノックすると向こうから声が聞こえた。

ドアを開けた時に鳴った、低音の、ぎいい、と高音の、きいい、の倍音もどきは、オーケストラの音とコーラスの声にすぐさまかき消された。視界の端、父の征一が愛用するオーディオでレコードがまわっている。流れているのはブルックナーのテ・デウムだが、まゆには作曲者や曲目はわからない。

エアコンが動いていて、空気は涼しかった。その風に乗って木と古い紙のにおいが鼻に届く。ここは昔からずっと同じにおいがする、とまゆは思う。

部屋の奥の机の向こう、窓に背を向けるようにして肘かけ椅子に座る征一が、ゆっくりと口を開いた。「おかえり、まゆ」

「ただいま、お父さん」

まゆはぺこりと頭を下げる。

横になでつけた灰色の髪は短く刈られている。神経質そうな目に、ぴんととおった鼻筋、とがった耳、骨格がわかるほどにやせた頬。どれも息子の要によく似ていて、まゆとはどこも似ていない。

「雨には濡れなかったか」

言いながら、征一は椅子から立ち上がり、オーディオに近づいて、ボリュームをしぼった。そうすると外の雨音がまゆの耳に聞こえるようになる。

一年ぶりに会った征一は、去年よりも、ずっと年をとって見えた。まゆがそう感じるのは何も今回がはじめてではない。毎年そうだった。虹緒が変わらなく見えるから、ことさらに際立って見える。征一と虹緒の年の差は二まわり以上あるから、一概には言えないにしても、なんだか一人で年をとっているみたいだ、とまゆは来るたびに思う。

「大雨の予報が出ていたから、心配していたんだ」椅子に戻ってから征一が言った。

話しながらも、征一の指は、机の上で、レコードから流れる曲に合わせてリズムをとっている。

「なんとかピークになる前に来られたかな。思ったより降っててびっくりしちゃった」

「連絡をよこせば、ひとみかお母さんを迎えにやったのに」

「そうすればよかったかも」まゆは素直に認めて、肩をまるめる、得意のしょんぼりポーズをとった。しょんぼり。

「少しやせたんじゃないか」

目を細めるように征一はまゆを見て、言った。

「そうかな。ていうかそれ、毎年言ってるよね」

まゆの指摘を受けて、征一は、そうだったか、と苦笑した。笑うと目尻が下がるその表情に、記憶の中の兄が重なった。

「お父さんこそ、やせたでしょ？」

まゆは言った。細身で、脂分の少なそうなその肌は、まゆに、寒帯の針葉樹を連想させた。「お肉とかちゃんと食べてる？」

「今年の夏も暑くてね。どうも食が細くなってしまった」

「健康診断とか、人間ドックとか、ちゃんと受けないと駄目だよ」

「受けてはいるんだが、結果を見るのが怖くてね。新聞と同じで、ろくなことが書いてないだろう?」征一は苦い顔をした。「あれを見る瞬間が、いちばん心臓に負担がかかっている気がしてならない」

「見なければ見ないで、いつまでも不安でどきどきして、体に悪そうじゃない?」

「それも一理ある。つまるところ、生きている以上、不安からは逃れられない、ということだろうな」

そんな当たり障りのないやりとりを続ける。例年どおりならこの後に、年に一度じゃなくてもう少し頻繁に帰ってきなさい、要もお母さんもひとみも寂しがっているんだから、というお小言をちょうだいするところだが、今回はそれはなかった。身構えていただけに拍子抜けする。言い忘れているのかな、とも思ったが、自分から促すようなことでもないので、黙っている。

「要も、まゆに会えて喜んでいるだろう」

征一は言って、座っていた椅子の座面をまわし、窓の外を見た。

「そうかな」

征一越しに、窓の向こうで葉を茂らせる樫(かし)を見ながら、まゆはそう答えた。

離れた場所で光った雷が、一瞬、窓の外を白く照らした。まゆが頭の中でカウントをはじめてから十五秒後、深い、低い雷鳴が空気を震わせる。昔、兄から、音が空気中をつたわる速さは一秒あたりだいたい三四〇メートルだと教わってから、雷が鳴ると光ってから音が届くまでの時間を数える癖がまゆにはあった。

机には本が何冊も重なって置かれていた。いつ見ても同じ光景だ。積んである本こそ変わっているはずだが、毎年、見るたびに山が高くなっていくような気がする。てっぺんにあった本の表紙には、『ユリシーズ』と題が書いてあった。題の下にはギリシャ数字でIと書かれている。こんなに厚いのに一冊で終わらないのかと思いつつ、机に置かれたままのそれを、なんとなく数ページめくってみるが、なんの関心も湧き起こらないので、すぐにページから指を離した。

征一はしばらくの間、何も言わずにいたが、じきに椅子をまわし、再びまゆに向き直った。

「雨の中、ここまで来るのに疲れたろう。ゆっくり休みなさい」

「うん」

## 1-6

書斎を出たあと、まゆは廊下を歩いて玄関のほうへ戻る。ドアの桟に、二人のレインコートがハンガーで吊るされていた。どちらがどちらのものかここからでは区別がつかない。下に敷いた新聞紙に、ぽたぽたと水が垂れている。靴の下には雑巾が敷かれていた。

一同は、リビングにいた。大出と小檜山の頭にはタオルが乗っている。

「お父さんに挨拶してきたよ」

まゆは言うが、誰からも反応がない。

私を無視するとは、と憤慨しつつ、四人の視線を釘(くぎ)づけにしているテレビの画面に、まゆも目を向けた。

地元の放送局のニュースが流れている。

画面の中、まゆがここに来る途中、バスでとおってきた道が映っていた。だが、もし先ほどとおったばかりでなかったら、まゆにはそこが道だとはわからなかっただろう。

何故なら画面の中に映っていたのは、池のように、一面、茶色い水であふれた景色だったからだ。

深刻な顔をした女性アナウンサーが、限りなく標準語に近い、だけど地元のなまりがわずかに混じったイントネーションで、大雨で増水した川から、水があふれ、村の道路が冠水したことを告げていた。

## 2－1

「ねえお姉ちゃん、コーヒー豆ってどこ？」

「あ、えっと、レンジの下にあるかな」

「これ？」

「そ、それは番茶。コーヒーは背の低いほうの缶」


川の水が流れ込んだのは、村の中でも一番低い箇所だった。まゆが家族から聞いたところによると、今年の梅雨にもそれに近いことがあったという。近隣の山では土砂崩れも起きてニュースになっていたというが、まゆは知らなかった。

嵐の勢力はさらに強まっていると気象予報士は告げていた。これまでに経験したことのないような雨風、という言いまわしの真偽はまゆにはわからなかったが、その影響は道路のみならず、鉄道にも出ていた。渦間から聞いたとおりだ。今日ここに来るはずだった叔父夫婦からも、乗る予定の電車が運休になり、来られなくなったという電話が先ほどあった。


「コーヒーフィルターはどこ？」

「あ、えっと、コンロの横のラックに置いてある、木の箱の中に」

「あったあった」


箕輪家があるのは高台のため浸水の心配はない。また、食料も、家族が集まるのに合わせて買い出しに行ったばかりだから数日間は保つとのことだったが、困ったのは足止めを食らった大出と小檜山の二人だった。

冠水した道は、川の向こうとこちらを繋ぐ唯一の道路だった。それが不通になってしまえば、文字どおり外からは断絶されてしまう（だから叔父夫婦にしても、仮に電車が動いていても、ここにはたどり着けなかったわけだ）。

先ほど二人が出てきた山を越えて、喜常町に行く、という手段は、さすがにこの嵐の中では命にかかわるため、却下せざるをえなかった。

自分たちが置かれている状況を把握すると、小檜山は青ざめた顔で、どうするんだよどうするんだよと、隣の大出にあたり散らしはじめた。「だから僕は早く行こうって言ったのに。きみのせいだぞきみのせいだぞ」

とり乱す小檜山を見ながらまゆは、こういう時にあたふたするのはみっともないなと思った。

「あ、まゆちゃん。ドリッパーはシンクの下の引き出しに」

「ドリッパーの場所くらい知ってるよ」

「ご、ごめん」

書斎にいた征一にまゆが相談すると、今日は泊めてあげなさい、と返ってきた。

二人ははじめ遠慮していたが、

「この雷雨では、水かさは増すばかりでしょう。そしてこの村にはホテルも旅館もありません。とすればどこかで一夜を明かさなくてはいけない。ここには偶然たどり着いたとうかがいましたが、宿のあてはおありですか」

という征一の問いにぐうの音も出ず、しまいには「お願いします」と頭を下げてその提案に従った。

「なんかお菓子とかない？」

「あ、そこの菓子皿に入ってるから」

「どうせ田舎くさいやつでしょ、って、何これ。お洒落な感じ」

「さっき渦間さんが持ってきてくれたの」

「え。渦間さん、さっき会ったよ。こっちにも来たんだ」

「うん、姪っ子ちゃんたち二人とね。ちょっと見ないうちに大きくなっててびっくりしちゃった。暗くなるまでには帰るって言ってたけど、このぶんじゃ、あの人たちも足止めを食ってるかもね」

「おじさん、入院してるって聞いたけど」

「あ、うん。先月くらいからかな」

「退院したら、引っ越しちゃうって聞いたけど」

「寂しくなるよね。年齢を考えれば、仕方ないのかもしれないけど」

「うちも他人事じゃないかもね」

「うちの場合は、お父さんが頑なだからね。ってまゆちゃん、さっきから何をごそごそ探してるの」

「砂糖を混ぜるスプーンってどこにあったかな、と思って」

「食器棚のスプーン立てにあるでしょ」

「あ、ほんとだ。しかも一番手前のめちゃくちゃ目立つところにあった」

二人には叔父夫婦が泊まるはずだった二階の部屋がそのままあてがわれた。二階には、まゆたちが音楽室と呼んでいる、ピアノが置かれた部屋を除くと、五つの部屋がある。そのうちひとみの部屋と、まゆが使う部屋、それとつきあたりにある要の部屋を引いた残り二つを、来客があった際には客室として用いていた。

一人一室のほうがいいのではないかとまゆは意見したが、もう一部屋は掃除してないから駄目、とひとみに拒まれた。昔から変なところで頑固なんだよね、とまゆは思った。そういうところも男子受けしない理由の一つじゃないかと思うんだけど、と。

「まゆちゃん、そろそろお湯が沸きそうだけど」

「わかってる。いいからほっといて」

「う、うん」

「ね、三人ぶんだと、コーヒー豆はどのくらい入れればいいの？」

「そのスプーンだと、すり切りで三杯くらいかな」

「すり切りって何?」

「え?」

「っと、お湯もう沸いたかな」

「あ、いきなりふた開けたら」

「え? って、湯気あっつ」

「き、気をつけて」

「うるさいなあもう。わかってるよ」

## 2-2

「やばいやばいやばい。これはやばいって」

「うるさいな。わかってるよ」

「山を抜けた時は助かったと思ったけど、まさかこの村に閉じ込められるなんて。いったいどうしてこんなことに」

「どうどう」

「それもこれも、きみが、道を間違ったからだ」

「蒸し返すなよ。冷凍焼売(シューマイ)でもあるまいし」

「ああもう、どうしたらいいんだ」

「いいから、部屋の中をうろうろするのをやめろ。足音が部屋の外にまで聞こえるだろ。だいたい、どうしようもないだろう。道路が冠水したとあっては、どうあがいても村の外には出られないんだから」

「そうは言ったって」

「さては追っ手のことを気に揉んでるのか」

「ご名答村雨丸。追われる身としては、この状況で、それを考えないわけにはいかないだろう」

「気持ちはわかるけど、まあ安心しろよ。我々羊がここにいることを、狼たちはまだ知らないんだし」

「今はそうかもしれないけど、もし居場所がばれたら、逃げ場がないじゃないか。道が復旧する前に、包囲網を張り巡らされたりしたら、我々は頓死だ」

「だとしても、今はじっとしているほかにできることはないだろう」

「道がとおれるようになるまで、この家にお邪魔させてもらうつもりかい？」

「他にあてがあるのか」

「ないよ。だけど、長くいればいるほど、ぼろが出やすくなるだろう。我々の正体が露見しないとも限らない。だったらいっそのこと、家にいる連中みんなまとめて口封じしちゃったほうが手っとり早いんじゃないかって」

「馬鹿なことを考えるな。そんなことしたら本当にとり返しがつかなくなるぞ」

「そんな怖い顔するなよ。冗談だよ」

「冗談でもやめろ。血は嫌いなんだ。それに、そんな軒を借りて母屋をぶんどるみたいな真似はしたくないな、美しくない」

「わかったよ。変なところで義理堅いんだから」

「『きみのそういうとこ、嫌いじゃないけどね』」

「勝手にモノローグを足すな。それにしても、すごい雨だな。山中にいた時がピークかと思っていたけど、あれからどんどんひどくなってる」

「あそこであの子に会ってなかったら、まだ村をさまよっていたかもな」

「そう考えるとぞっとしないね」

「まったくあの子は我々にとっての女神だよ。道ではじめて会った時はダイアナかと思ったもんな」

「ダイアナねえ。せいぜい鹿に変えられないよう気をつけるんだな」

## 2-3

大出と小檜山が泊まる部屋は、階段を上ってすぐの、左側にある。まゆの部屋はその隣で、さらにその奥がひとみの部屋だ。廊下の反対側は、階段に近い順に、音楽室、洗面所とトイレをはさんで空き部屋となっている。廊下のつきあたりには要の部屋がある。

「入りますよー」

ノックをしてまゆはドアを開けた。

部屋は、およそ十畳の洋間だった。フローリングの上に、絨毯（じゅうたん）が敷かれている。

入って左手側には、天板がガラス製の、まるい背の低いテーブルが置かれていた。

それをとり囲むように、肘かけのついた木製の椅子が、四脚置かれている。

大出と小檜山はそこに、テーブルをはさんで、向かい合って座っていた。

「二人の服、今洗ってるから、明日には乾くよ」

「何から何まですみません」

大出が頭を下げた。髪のうねりは雨のせいじゃなかったらしく、シャワーを浴びたあとも、その髪には変わらずウェーブがかかっていた。

「着るものまで貸していただいて、なんとお礼を言ったらいいか」

「いいのいいの。困った時はお互い様だもん」

言いながらまゆはテーブルにお盆を置いた。

二人の逗留（とうりゅう）が決まるとすぐ、虹緒は二人に、身を清めて、服を着替えるよう指示を出した。

雨やどりならともかく、泊まるとなれば、綺麗な格好をしていてもらわないと困るという理由だ。

身繕いした姿を見てまゆは再確認した。やっぱり大出さん、かなり整った顔立ちをしている、と。サイズの合っていない、父のトレーナーにジーンズでこれなのだから、スーツでも着たらかなり映えるだろうと思ったが、どうしてかフォーマルな装いの大出は、イメージできなかった。

そういえば二人とも、ふだんは何してるんだろう。まゆはふと気になった。小檜山のほうだって、見るからに会社勤めという感じではない。

「夕食までもう少しあるからさ、コーヒーでも飲んでリラックスしててよ」

言いながら、自分のぶんも含めた三つのカップにコーヒーを順に注いでいく。

「なんて優しい心の持ち主でしょう。まゆさんはまるで女神のようだ」

「おーげさ」

ソーサーにカップを乗せ、持ち手に蝶（ちょう）と蔓草（つるくさ）の装飾が施されたコーヒースプーンを添えて二人に差し出す。

「いただきます」

添えた砂糖やミルクには手をつけず、大出はカップを口元に運ぶ。そしてすぐ、「お、おいしい」と目を大きくする。

「こんなにおいしいコーヒーは、生まれてはじめて飲んだかもしれない」

「おーげさだって。豆だってたぶんたいしたことないやつだよ」

「いえ、本当においしい。まゆさんが淹れてくれたんですか？」

「そりゃまあね」

「まゆさんはコーヒーを淹れる名人ですね」

「コーヒーなんて誰が淹れても同じでしょ」

まゆはスティックシュガーの包装を破いて、中の白砂糖をカップに入れた。一本では足りないので二本。箕輪家はみんなブラック派だが、まゆは砂糖を入れないと苦くて飲めない。正確には、飲めなくはないが、あえて飲もうとは思わない、となる。

「夜はそこの布団を敷いて寝てね」

コーヒーを混ぜながら、部屋の隅にたたんである布団を顎で示した。「トイレと洗面所は、廊下の真向かいにあるから、好きに使って。いろいろと不自由はあるだろうけど、そのへんは我慢して」

「不自由だなんて。屋根のあるところにいられるだけで幸せすぎるくらいですよ」

雨の中、山をさまよっていたせいで、幸せの基準がだいぶ下がっているようだった。もてなす側としては気が楽だ。

お菓子もどうぞ、と言って、まゆが差し出した菓子皿には、一口サイズの直方体がいくつも入っている。個別に包装されていて、色は赤と緑の二種類。まゆがとったのは緑色のほうだ。紙をはがし、チョコレートでコーティングされた直方体を口にいれる。かじるとざくっとした音と、ナッツの味が口の中に広がった。ミルフィーユだ。包装の裏をひっくり返すと、小さく横文字でピスタチオと書いてある。渦間は昔からお土産のセンスがいい。

「でもさ、二人とも、山から出てきたのがたまたま家の近くでよかったね」ミルフィーユを飲み込んでから、まゆは言う。「この村、人口もだいぶ減ってるし、迷いかたが悪ければ、雨の中をまださまよってたかもしれないよ」

「そう考えると我々は運がいいのかもしれない。まして、手を差し伸べてくれたのがこんな美しい女性だなんて。まゆさんは、我々にとって救いの女神です」

「えへへ」

「村に閉じ込められたってのに、よく運がいいなんて言えるもんだな」小檜山が呆(あき)れたように言った。「その前向きさを分けてもらいたいよ」

「だけど、タイミングという点では、まゆさんも危ないところでしたね」横槍(よこやり)を聞き流して大出は言う。「バスがあと一本ずれていれば、村には入れなかったわけでしょう」

「まあね」

雨の影響で鉄道も止まっていたから、喜常町で立ち往生していたかもしれない。

「普段はどこに暮らされているんです？」

問われてまゆは東京と答える。受付嬢やってるよ、と説明した。

「大出さんたちは、お仕事は何をされてるの？」趣味に職業、さりげなくチェックしなくちゃとまゆが話を振ると、

「まあ、自営業ですね」

と返ってきた。

「この辺りの人？」

と訊ねると、大出は、「いえ」と首を振り、隣の県にある地方都市の名前を口にした。

「ただ今日は、ちょうどこの近くで仕事があって」

「出張？」

「似たようなものですね」

「ふうん。なら、雨で足止めを食らっちゃって、たいへんなんじゃないの？」

「大丈夫です。とは言い切れないのですが」大出は言葉を濁した。「しかし天気にはあらがえないですからね。雇い主にはあとで連絡を入れておきましょう」

「いったいいなんて説明するつもりだよ」小檜山が口をはさんだ。「仕事中、道に迷っ

た挙げ句、嵐で村に閉じ込められて、いつ帰れるかわかりません、ってか？　どんな間抜けだよ。せっかく築き上げてきた信頼が花火みたいに一発でパーだ」

「その辺はうまいことオブラートに包むさ」

大出は小檜山をあしらってから、「ここにはよく帰ってくるんですか？」とまゆに訊ねた。

「ううん。ここ数年は、年に一回だけ。戻ってきてもすることないし。家族とだって、そこまで仲がいいって感じでもないからね。本当は戻ってきたいわけでもないんだけど、まあ義務みたいなものかな。今日は特別だから」

「特別？」大出がまゆの言葉を繰り返した。「何かの記念日ですか？」

「まあ、そんなにいいものでもないかな」と、まゆはいったんはぼかしたが、そこまで隠すことでもないかと思い直し、

「お兄ちゃんの命日なの」

と言った。

「だから毎年この日は、家族全員で集まるのが我が家のしきたりみたいになってるんだ」

しきたりとは言っても、厳しい戒律があるわけでもなければ、なんらかの儀式があるわけでもない。欠席したところで厳罰が科されることもない。それでも、ただなん

となく休む気にはなれず、毎年この日になると、まゆは新幹線と電車とバスに長時間揺られて、この村に戻ってくる。今年はたまたま土日にあたったが、年によっては、有給休暇をとることもある。

姉のひとみも、結婚して家を離れていた時期も、この日になるとちゃんと戻ってきていた。たまに親戚が参加することもあるが、今回は天候不良のためお流れとなったのは、先述のとおりである。

「お兄さんがいたのか」小檜山が言う。

「うん。今年が十三回忌だから、亡くなったのは十二年前になるかな」

「ということは、まだ若かったんじゃないのか」

まゆはうなずいた。「亡くなった時、お兄ちゃんはまだ高校生だったからね。当時で十六歳」

自分は当時十歳だった、と考えて、まゆは時の流れの速さにあらためて驚かされた。あんなに大人に見えていた兄の年を、今の自分はとうに追い越している、と。かといって当時の兄を幼く感じたりはしないから不思議なものだ。十二年前の自分は、すごく幼く感じるのに。

「よりにもよって、そんな日にお邪魔してしまうとは」

大出が椅子の上で身を小さくする。

「いいのいいの。命日ったって、みんなで集まるだけで、特別、何かするわけでもないし、変わり映えしないし。それに、ずっと家族で顔をつき合わせていても退屈だし。誰かがいてくれたほうが、気がまぎれていいよ」

というまゆの言葉は、徹頭徹尾本音だった。

「どんなお兄さんだったんだい」

小檜山に問われて、まゆは顎に人差し指をあてた。

「うーん。まだ小さかったから、あんまり覚えてないんだけど、優しいお兄ちゃんだったよ。だから死んじゃった時は信じられなかった。そんなに思いつめてるようには見えなかったから」

「ん？」大出が首をかしげた。

「ん？」小檜山も首をかしげた。

「ん？」まゆも首をかしげる。「どうかした？」

「お兄さんは、事故か病気で亡くなられたんではないんですか」

大出の言葉に、まゆは意表をつかれる。「え？　そんなこと言った？」

「いえ、ただ、亡くなられた時、まだ若かったと聞いたので」

言われてみればそう思うのが自然かもしれない、とまゆは思った。自分は事実を知っているから、そういうていで話してしまったけど、若いうちに亡くなったと聞かされれば、誰しも、真っ先に想定する理由は、大出が言う二つ、不慮の事故か病気だろう。

「事故でも病気でもなくてね」

お兄ちゃんはね、自分で死んじゃったの。

自分でそう口にした時、まゆは、部屋の空気の流れが少し変わったような気がした。兄が幽霊みたいに目に見えないかたちになって、部屋の中に現れたのではないかと、思わず周囲を目で追ってしまう。

「自殺、だったのですか」大出がカップをソーサーに置いた。かちゃ、と硬質な音が鳴る。

「うん。そういうことになってる」

とうなずくまゆの頭の中では、茶色い木の葉が舞い散るみたいに兄にまつわる記憶の断片がひらひらと舞っていた。ペットボトルのふたをゆるく閉めるから、次に飲む時に決まって炭酸がすっかり抜けていたこととか、地面にひっくり返った蟬(せみ)におそるおそる手を伸ばしていたこととか、ベーグルはフランスの大手検索サイトの名前だと嘘をつかれたこととか。どれもこれもたいしたことではないのに、どうしてか頭に残っているのはそういうささやかなものばかりだ。歌の同じところで決まって声が裏返ったこととか、風呂あがりに欠かさずオレンジジュースを飲んでいたこととか、立ち姿が少し左に傾いていたこととか、雑学を披露する時、決まって得意げな顔をしていたところとか。

きっと、とまゆは考える。その人を体現しているのは、たぶん、どちらかと言えばそういう枝葉の部分なのだ、と。神が細部に宿るように人の性質も些細なところに宿る。

だがそういう点描のように繊細な機微は、繰り返し語られがちな、クレヨンで描いたみたいに色の濃い、大味なエピソードにあっけなく塗りつぶされてしまう。

「あ、そんな変な空気にならないで。もう十二年も前のことだし」

部屋の空気が重たくなったのを感じたまゆは、慌てて、両手を顔の前で振るが、こういう時は何をどう言ってもやせ我慢をしているように見えてしまうもので、たいていが「それはたいへんだったね」みたいな目で見られるものと相場が決まっている。だから、とり繕ったポーズをしつつも、まゆはその視線を受ける心の準備をしていたのだが、あにはからんや大出の表情に気遣いの色はなく、むしろ何か問いたげな様子だった。

まゆが少し待っていると、大出はおずおずと口を開いて、こう切り出した。

「間違っていたら申し訳ないのですが、もしかして、まゆさんは、お兄さんの件で、何か気になっていることがあるのではないですか」

「え、どうして?」

「今、まゆさんは、お兄さんは自殺だったのかと訊ねられて、そういうことになっている、と答えた。それはつまり、本心ではそう思っていない、ということでは」

大出の指摘に、まゆはすぐには返事ができなかった。図星だったから、ではなく、まるで予期せぬ角度からの質問だったからだ。考えたこともないことを訊かれたまゆは、さながらクイズ番組で難問を突きつけられた解答者みたいに答えに窮した。

早押しクイズならとっくに誰かに解答権を奪われるか、次問に移るほどの時間が経ってから、まゆがひねり出した言葉は、「どうなのかな」という、質問に対する答えにしてはあまりにお粗末なものだった。

「よくわからない」

つづく言葉も溶けたかき氷みたいにぼやけている。

「よければ、話してくださいませんか」

大出は穏やかな声音で言った。

「話す、って、十二年前のことを?」

大出はうなずいた。「もちろん会ってすぐの他人に、自分の家族のことを話すのは抵抗があるでしょう。だから無理にとは言いませんが、誰かに話しているうちに、とっかかりが見つかるかもしれない。それにこんな嵐では、部屋の中で話すくらいしかすることもありませんからね」

大出の耳心地のいい声に言いくるめられるように、気がつくと、まゆは当時のことを話しはじめていた。

## 2—4

お兄ちゃんが亡くなったのは十二年前の今日、ってさっきは言ったけど、正確に言うと、日付的にはその次の日なの。あとからお医者さんに診てもらって、亡くなったのは深夜から未明にかけてでしょう、ってことになって。

最初に見つけたのはお姉ちゃんだった。いつまで経っても起きて来ないから、呼びに行ったんだって。そしたら少しして、お姉ちゃんが、血相を変えて下におりてきて。

私はその時、まだ寝てたから、自分で見たわけではないんだけどね。ちょっと熱っぽくてベッドでぼうっとしてたんだ、今はそうでもないけど、子供の頃は体が弱かったんだよ、って、ちゃんと聞いてる？

「聞いてますよ」

「もちろんさ。一言も聞き漏らすまいと、耳を象にしてね」

お姉ちゃんが見つけた時、お兄ちゃんは自分の部屋の椅子に座ってたんだって。背もたれに、頭を預けるみたいにして。何回声をかけても返事がないから、肩を揺すったらぐったり倒れかかってきて、これは変だって思ったみたい。机の上にはコーヒーが入ったカップが置かれてて、後からそれに毒が入っていたことがわかったみたい。ねえ、聞いてないでしょ。

「聞いていますよ」

それならいいけど。黙ってられると不安になるなあ。気になることがあったらその都度、口をはさんでくれていいからね。

「僕はないけど、きみはどうだい、大出」

「では遠慮なく。お兄さんが亡くなったのは未明という話でしたね。ということは、コーヒーは夜に飲んだということですか？」

そういうことだね。

「夜にコーヒーなんて飲んだら、寝られなくなりそうだけどなあ」

お兄ちゃんはカフェインがあんまり効かない体質だったんだ。だから、夜にコーヒーを飲むことも珍しくなかったし、そのあともちゃんと寝てたよ。

「本当に寝たくない時はどうするんだろう」

私は眠気覚ましのサプリメントか何かを飲んでたんじゃないかなって予想してたけど。カフェイン系じゃないタイプのね。

「なるほど。それで、そのコーヒーに毒が入っていた、という話でしたね。毒物はなんだったのでしょう」

えっと、なんだっけ、ハシリドコロ、じゃなくて、そんな名前の。

「ひょっとして、六条御息所（ろくじょうのみやすどころ）、でしょうか」

あ、そうそう、それそれ。

「ハシリドコロ？　はじめて聞いたな」

「ナス科の有毒植物だな。ベラドンナやマンドラゴラ、あとはダチュラなんかもこの仲間だ」

「あ、その辺は聞いたことあるぞ。ハシリドコロならぬ有名どころだ」

「ハシリドコロの有毒成分は、おもにアトロピンやヒヨスチアミン、スコポラミンといったアルカロイドだな」

「日本語で頼むよ」

「これらの成分は、おもに副交感神経に作用して、脱力感や麻痺（まひ）、記憶障害などを引き起こすと言われている。もちろん多量に摂取すれば死に至る。お兄さんはどうやって毒を手に入れたんですか？」

そのハシリドコロって、この辺の山にも普通に生えてるみたいなんだ。だから、自分で採取して、葉っぱを乾かしてすりつぶして、粉末状にしたみたい。お兄ちゃんは植物に詳しかったからね。本棚に植物図鑑とかあったし。

「だけど、自殺するために自分で毒を作るなんて、ずいぶん面倒な気がするけどな」

小檜山さん、それってどういうこと？

「そんな面倒なことしなくても、ほかに方法なんていくらでもあるだろう。木に結んだロープに首をとおしたり、高いところから身を投げたっていい。や、もちろんこれから死のうって人の心理なんて、僕にはわからないけどさ」

「自分で飲むために作ったとは限らないんじゃないか」

「というと」

「誰かに飲ませるため、という線もあるだろう」

「ああなるほど。それだと話は変わってくるか。でもさ、結果的に自分で飲んでるわけだし、やっぱり自分用じゃないの？」

誰かに飲ませようとしてたって意見は、当時から出なかったみたい。というのもね、お兄ちゃんの部屋から、遺書が見つかったから。

「遺書、ですか」

うん。青い封筒が、机の上に置いてあった本の間にはさまってて。封筒の中には、三つ折りになった白い便箋が一枚。ちなみにはさんであった本っていうのは、さっき言った植物図鑑ね。

「遺書を見つけたのは誰ですか？」

お医者さんと警察の人が来る前に、お父さんが見つけたって。

「手紙には、なんと書かれていたんですか」

それがね、中は白紙だったんだ。

「白紙？　何も書かれてなかったのかい？」

うん。と言っても、まるっきり真っ白だったわけじゃないよ。横書きの便箋の一番上に『遺書』って書かれてたし、一番下には、『箕輪要』って自分の名前も書いてあったから。

「ただ、本文がなかった」

そう。その間がぽっかりと空白だった。ちなみに封筒のほうは、表も裏も、何も書かれていなかったよ。

「筆跡はどうだったんです」

冒頭の『遺書』も、文末の『箕輪要』も、家族みんなで見て、本人の字で間違いないって判断したよ。だから自殺ってことになったんだし。私もお姉ちゃんも、よくお兄ちゃんから勉強を教えてもらっていたから、字は見慣れていたからね。

「うーん」

「納得がいってない顔だな。小檜山、おまえは、遺書は偽造されたものだと考えているのか」

「そりゃそうさ。だってあからさまに怪しいもんな。内容が書かれているならともかく、文字数が少なすぎる」

「しかし筆跡は要さん本人のものだったんだろう」

「書かれていたのはぜんぶで五文字だろ。そのくらいなら真似できるさ」

真似するって、誰が？

「そりゃあ、まゆさんには申し訳ないけど、家族のうちの誰か、だろうね」

私たちの中の誰かってこと？

「だって他にいないじゃないか。警察や医者がやったって考えるのは、無理があるだろう」

「おいおい。軽率に結論を出そうとするなよ」

「僕は軽率だとは思わないけどね」

「なら教えてくれ。見つかった遺書が、本当に誰か別の人間によるものなら、その人物は、どうして五文字しか書かなかったんだ？」

「ん？　どういうことだい」

「偽造するなら、中途半端に文字を書いたりせずに、真っ白な状態の便箋を入れておいたほうがいいと思わないか。筆跡が違うと気づかれたら困るだろう」

「きみは何を言ってんのさ。白紙じゃ遺書だってわからないだろ。それに、実際に家族みんなが、要さんの手によるものと判断したんだ、書いた人物には家族の目をかいくぐる自信があったんだろ」

「それならもっと文章を書きそうなものだろう。簡単な挨拶だっていい」

「きっと、その五文字だけ、めちゃくちゃ筆跡を似せる練習をしたんじゃないのか?」

「そこまでやるのであれば、もっと書ける字のレパートリーを増やす努力をしそうなものだが」

「ま、まあ、それはそうかもしれないけど」

「そもそも、五文字しか書けない人間が、最初から遺書を書こうなんて思うだろうか」

「堂々巡りだな。つまり大出、きみが言いたいのは、中途半端に書かれているからこそ、怪しい、ってことか」

「ねじれた論理だがね」

「だけど、いくらそうするべきだとしても、そうしない場合もあるだろう。きみが思うほど、人間は論理や合理性に則(のっと)った生き物じゃないぜ。世の中を見てみろよ。そうはなるまいってことばかり起きている。道なりに歩けば目的地に着くとわかっているのに、あえて横道に入って迷ったりな」

「なんの話だ」

「とにかく、じゃあきみは、遺書は要さん自身が書いたものだと考えてるんだね」

「どちらかと言えば、今はそちらよりの立場だな」

「だとすると、問題は、どうして本文を書かなかったのか、ってことになってくるな。もちろんこれは書き手が本人以外の場合でも生じる疑問だけど」

「当時はどんな解釈がされたんです？」

解釈も何も。どうしてお兄ちゃんが何も書かなかったのか、みんなわからないままだよ。いろいろ考えたんだけど、本人に聞くわけにもいかないから、正解かどうかわからないし。その時になって、急にぜんぶ嫌になっちゃったのかもしれないし、最初から何も言い残す気がなかったのかもしれない。もともと口数の少ない人だったから。

「なあ、本当に何も書かれていなかったのかな。たんに、見えなかっただけじゃない？」

「どういうことだ」

「たとえばさ、熱を加えると消えるインクで書かれていたとか、特殊な種類の光を当てると文字が浮かび上がるとか。果物の汁で書かれていたとか」

そういうことはなかったみたい。それに、もしそうだったとして、いったいどうしてお兄ちゃんはそんな理科の実験みたいなことをしなくちゃいけないの？

「まゆさんのおっしゃるとおりだ。小檜山、残念だったな」

「じゃ、じゃあさ。はさまってた場所が重要なんだ。植物図鑑の間って言ってたろ。

おおかた、そこのページに載ってる植物の花言葉が」

封筒がはさまってたのは、表紙をめくってすぐの、見返しの部分だったってさ。

「うう」

「残念だったな」

「肩を叩くな。可能性を述べただけだろうが」

今、二人と話してて思ったことがあるんだけど、いいかな。さっき大出さんは、私が当時のことで、何か引っかかってるんじゃないか、って言ったでしょ。言われた時はぴんとこなかったけど、もしかしたら、私が引っかかってるのって、まさにその、遺書に何も書かれていなかった、って部分なのかも。

もしそこにちゃんとした文章が書かれていたら、ううん、そうじゃなくても、たとえば前の日に、お兄ちゃんから私に何か言葉がかけられていたなら、すんなり、とまではいかなくても、なんだかんだ受け入れることはできたんじゃないかと思う。

で、それはたぶん、私だけじゃないんだ。お父さんもお母さんもお姉ちゃんも、お兄ちゃんに、何か言葉を残してくれればよかったのにって思ってる。

だって、突発的な事故に遭ったならともかく、自分で決めてそうしたんだもん。私たちに何か言い残そうと思えば、できたはずなのに。ごめんね、うまく言えないんだけど。

「これは先ほどの小檜山の意見と似ているのですが、ともすれば、白紙であること自体が、お兄さんからのメッセージだったのかもしれませんね」

白紙であることが？　大出さん、それってどういう意味？

「沈黙が雄弁に意思を表すことがあるように、何も書かないことで、お兄さんは何かをまゆさんたちに伝えようとしたのかもしれない」

素直に書いてくれればいいのに。

「ごもっともですが、しかし死に向かう人間の発想の飛躍には際限がなくなるとはよく聞く話です」

「何も書かれていない手紙から、書き手の意図をくみ取る、か。いやはや、行間を読む、どころの話じゃないね」

「もしかすると、要さんとの思い出の中に、ヒントがあるかもしれません」

思い出ねえ。どうかな。もうだいぶおぼろげになりつつあるよ。あ。でも何も書かれていないと言えば。

「何か思い当たる節でもありましたか」

ううん、やっぱなんでもない。たぶん私の見間違いだと思うから。

「差し支えなければ、ぜひ話してみてください。何がヒントになるかわからない」

そこまで言うなら言うけどさ。お兄ちゃんの部屋に行った時の話なんだ。当時やってたゲームで、どうしても勝てないボスキャラがいてね、それでお兄ちゃんにかわりにやっつけてもらおうと思ってさ。お姉ちゃんは下手っぴで役に立たないし。でね、私がゲーム機片手にドアを開けたら、お兄ちゃん、床に立ったまま、怖い顔で、手に持った紙をじっと見つめてたことがあって。

「それが、白紙だったと？」

うん。その紙は、便箋と違って、白じゃなくて、もっと薄茶色っぽい色だったけどね。遠目に見ただけだし、お兄ちゃんもすぐポケットにしまっちゃったから、私の見間違いかもしれないんだけど、何も書かれてなかったと思うんだよね。

「それは、いつごろの話ですか」

夕方くらいかな。部屋の電気をつけてなかったし。高校の制服を着てたから、お兄ちゃんが学校から帰ってきてすぐかも。

「いや、時間帯ではなく、時期です」

ああ。お兄ちゃんが亡くなる、二週間くらい前だから、七月の末とか、その辺のはず。もしかしたら、そのころにはもうだいぶ、気持ちが不安定になってたのかな。

「まゆさんは、お兄さんとの仲はよかったのですか？」

うーん。それなりによかったと思うよ。優しかったし。誕生日にくれたうさぎのぬいぐるみは、今でも部屋に飾ってある。喧嘩（けんか）したこともほとんどないんじゃないかな。

年が離れてたからってのもあるだろうけど、お兄ちゃんのほうがずっと私たちに気を遣ってたんだろうね。もしかしたらそういうところも、どこかでお兄ちゃんの負担になってたのかも。今まで一人っ子だったのに、いきなり年の離れた妹が二人もできたら、お兄ちゃんだって、そりゃ気持ちも乱れるよね。

ん？

あれ？

え？　言ってなかったっけ？

うん。お兄ちゃんと私たち、血が繋がってないんだよ。両親が再婚したの。お兄ちゃんはお父さんの子供で、お姉ちゃんと私は、お母さんの子供。お母さんが前のお父さんと別れてから、今のお父さんと東京で出会って、こっちで暮らすようになったんだ。お父さんたちはその時はもう、ここに越してしばらく経ってたけど。

新しいお父さんやお兄ちゃんができるのは、もちろんその当時は抵抗あったよ。東京から、いきなりこんな田舎に引っ越すのだって嫌だったし。

今思えば、お母さんも、一人で娘二人を育てるのはたいへんだっただろうから、男の人にそばにいてほしかったんだって理解できるけどさ。娘から見ても、お母さんって、一人でいるのが耐えられないタイプの人だし。

そうだ、思い出といえば、夕方になるとお兄ちゃんとお姉ちゃんと三人で、よく夕日を見に行ったんだ。ここに来る途中、上ってきた坂道があるでしょ。あの辺、晴れてるとちょうど夕日が綺麗に見えるんだよ。上り坂のほうを向くと、正面に長い影が伸びててね。私はお兄ちゃんと影の高さを揃えたくて、少し前を歩いてた。勝った人がお兄ちゃんにおんぶしてもらえるってルールで、電信柱一本ごとにじゃんけんもよくしたよ。聞いてる？

「聞いてますよ。それで、お兄さんがじゃんけんに勝った場合はどうなるんです？」

その場合は、その区間、お兄ちゃんは誰もおんぶしなくていい。

「兄側にメリットがなさすぎるな」

お兄ちゃんは最初にだいたいちょきを出すから、いっつもおんぶしてばっかりだったよ。当時は馬鹿だなあって思ってたけど、今思えば、あれってわざと負けてくれてたんだろうね。

「素敵なお兄さんだったんですね。話している時のまゆさんの顔を見ていればわかります」

そうかな。自分じゃよくわからないけど。でも、言われてみればそうなのかも。この村のことは昔からあんまり好きじゃないけど、それでも、お兄ちゃんがいた頃は、楽しかったこともわりとあった気がする。

「だからこそ、今も心残りになっているのでしょう」

そうなのかなあ。

（ノックの音。ドアが開いて、ひとみが顔を出す）

「皆さん、夕食の準備が整いました」

## 3-1

帰ってくるのが一年ぶりとはいえ実家だから、もしも夕食が質素だったら、客人に対して申し訳ないような、恥ずかしいような、的はずれといえば的はずれ、正当といえば正当な、そんな心配をまゆはしていたが、幸いなことにそれは杞憂に終わった。

夕食は豪華だった。ローストビーフに、茄子とピーマンの揚げびたしに、お刺身にアサリの酒蒸し、海老のしんじょ、トウモロコシの炊き込みご飯。

料理はおもにひとみの手によるものだった。

「なんか、去年もこのメニューだった気がするんだけど？　もしかしたらおとしも」

まゆが言うと、

「そりゃそうよ。お兄ちゃんの好物だもの」

との返事が、虹緒から返ってきた。

ああそういうこと、と、納得すると同時に、まゆは内心で舌を出す。

「他のメニューが食べたいなら、もっと頻繁に帰ってきなさい」

虹緒はまゆにちくりと釘を刺してから、客人たちのほうを見て、「お二人も、遠慮せず、たくさん食べてくださいね」と促した。

「ええ、遠慮なくいただいてます」食材を飲み込むのと、箸を口に運ぶのとの合間に、小檜山が返事をした。皆、お酒を飲んでいたが、二人の前にはごはんと味噌汁も配膳されている。

「がっつくなよ、みっともないな」

大出が隣に顔をしかめる。

「こんなにおいしい料理を前にして、淡々としているほうが作ってくれた人に失礼だろう。それにしてもこの冷や奴は最高ですね。豆の味が濃い」

「今日の午後、村の豆腐屋さんでひとみが買ってきたんですよ」虹緒が言う。

「褒めるにしてももっと手のかかってそうな料理を褒めろよ。気が利かないな」

「おかわりもあるのでよろしければ」

「いいんですか」

「もちろん。ほら、ひとみ、ぼさぼさしてないで、はやくよそってやって」

「あ、うん」

ひとみがあたふたとする。

年に一度の家族の集まり、それも長男の命日となれば、大出たちのような、あからさまな言いかたをすれば部外者の参加を、父あたりは内心面白く思っていないんじゃないかとまゆは危惧していたが、その懸念は、またもやはずれ、夕飯の時間は、終始、和んだ雰囲気だった。

「こんなににぎやかな夕食はいつぶりだろうな」征一が言った。ビールのせいでその顔はほんわりと上気している。表情も明るい。

「すみません、騒々しくて」大出が慌てたように謝った。「ほらおまえも頭を下げろ」

「頭を押さえつけるなよ。豆腐が顔についたらどうするんだ」

客人二人の騒々しいやりとりにも、征一は柔和な態度のままだった。海老のしんじょに添えられた枝豆を箸でつまんで、

「いや、構わないんだ」と言う。

「ただ、つい要のことを思い出してしまってね」

父が見ている兄は当時のままの姿なのだろうか、まゆはふと思った。それとももっと子供の頃の姿？ はたまた十二年後の成長した姿を想像している？ 直接訊ねたことはなかったし、今だって聞こうとは思わなかった。今後聞くことも、おそらくない気がする。

「生きていれば、今ごろ、きみたちと同じくらいの年だったろう」客人二人を見て征一が言う。

まゆの見たところ、二人とも、自分より五つか六つ年上の二十代後半。征一の言うとおり、要が生きていれば、同じくらいの年代だったろう。兄のほうの時間が更新されずにいるから、父が言うまで、二人に対して、兄くらいの年だな、と感じずにいた。

「十代で、亡くなられたとうかがいました」大出が言った。「明日が命日だという話

も」

「ああ、まゆから聞いたのかい」征一が応じる。「そうなんだ。今から十二年前にね。息子と一緒に酒を飲むのを楽しみにしていたんだが、それも叶わなかった」

「私はいつもつき合ってるのに」ひとみがこぼした呟きに、「おっと、そうだったな」征一は慌てたように表情を緩めた。「娘と一緒に飲む酒も、もちろん悪くない。それに、今日はまゆもいるしな」

「えへへ」

まゆは、練乳みたいな笑みを作って、グラスを口に運んだ。

平生のまゆは、酒の席でも、レモンサワーやファジーネーブルのような甘めのお酒しか飲まないが、今日はせっかくだからと、父につき合ってビールを飲んでいた。

「ときにお二人は、洋酒は好きですか？」征一が言った。「我が家につたわる秘蔵のウィスキーがあるんですよ。食後にいかがです」

大出が相好を崩す。「よろしいんですか」

「ぜひとも。なかなか刺激的ですよ」

隣で虹緒が咎めるような視線を向けているのに気づいた征一は、

「おっと、固いことは言わないでくれよ」

と先手を打った。「今日は気分がいいんだ」

虹緒が呆れたように肩をすくめる。「飲みすぎないようにしてくださいね」

「おい、気を抜きすぎだぞ」小檜山が大出に顔を近づけ、小さく囁く声がまゆの耳に届いた。

「心配するな」大出は太平楽に言った。「窓の外を見てみろ。この雨じゃ、今日はもうどうにもならないさ」

## ３－２

デザートの白桃シャーベットを食べたあとで、まゆは客人二人と、要の写真がしまわれている、書斎の横の小部屋に行った。そこは三畳ほどの、納戸のような場所だった。

写真の中の要は、照れくさそうに目尻を下げて、どこか自分が笑っていること自体に照れているような、そんな笑みを浮かべていた。猫のように細い髪に、とがった耳。

「かなりの父親似だな」アルバムを覗き込んだ小檜山が言った。

「あとでお父さんに言ってあげて。きっと喜ぶから」

先刻、話にも出た秘蔵のウィスキーを、征一と飲むという二人と別れ、まゆはお風呂に入った。いつもはシャワーで済ませがちなので、湯船につかるのは久しぶりだった。お湯は入浴剤で、鮮やかな緑色になっていた。

洗面所で髪を乾かしたあと、棚にあったビタミン剤の黄色いカプセルを飲む。虹緒が常備しているものだが、家族は皆、勝手に飲んでいる。それからまゆがリビングの前をとおると、父と大出がソファに座りながら向かい合って話していた。テーブルにはウィスキーの瓶と氷の入ったグラスが二つ置かれている。すでにアルコールがまわっているのか、二人とも、声のトーンが先刻よりも高い。

小檜山の姿が見えないから、どうしたのかと大出に訊ねると、一足先に部屋に引き上げたのだと教えられた。

「早々に酔い潰れて、千鳥足で部屋に戻りましたよ。あいつはせわしない男でね、酒を飲む時も、やたらペースが速いんです。そのうえ酔いが醒めるのも人一倍早いと来ている。生来のせっかちなんですよ」

「ああ、なんかそんな感じするなあ」

「今ごろは、部屋の布団で、ぐうぐう寝てるんじゃないかな」

飲みすぎないようにと二人に忠告して、まゆはリビングを出る。このところ父が家にこもりがちで、人と話す機会がめっきり減ってしまったと、母から聞いていたから、大出たちが来たのは、父にとってもいいことだったかもしれない。まゆはそう思いながら、階段を上る。自分の部屋に向かう途中、音楽室のドアの向こうからピアノの音が漏れ聞こえてきた。やはりまゆには曲目はわからない。姉が弾いているのだろうと思いながら、自分の部屋へ入った。

本棚にあった、学生時代に好きだった漫画をとって、ベッドに横になる。

仰向けになってページをめくっていると、一話を読み終わるよりも早く、睡魔がやってきた。長時間電車やバスに乗ったあとは、動いていなくとも妙に気だるく感じるものだ（以前、まゆが交際していた男性はその現象について、座っているだけでも体は移動したことを察知しているから、その距離分の疲労が体内に蓄積しているのだと妙な理論を提唱していたが、まゆには相手が何を言ってるかよくわからなかった）。低気圧も影響しているのか、頭もまぶたも、すこぶる重たい。

自分の部屋のベッドで横になっていると、一階にいた時よりも屋根が近いせいか、雨音が大きく聞こえた。まゆが歩いていた時から、雨脚はさらに強まっているようだった。枕元の窓ガラスにも、雨が絶えず打ちつけている。

ベッドが接している壁の向こうから、誰かの声が聞こえてきた。誰かがゲームをやっている実況動画のようだ。先に部屋に引き上げたという小檜山が聞いているのか、あるいは垂れ流しながら、寝落ちしているのかもしれない。

間断なく自分の周りで鳴り続ける雨音と、誰かが何かを言っている声は、まるで睡眠導入剤さながらに、まゆの意識を眠りのみぎわへと引きずり込もうとする。抗（あらが）うこともままならず、頭の中、眠気の水位が満ちていく。うとうとからすやすやへ。

と、そこで出し抜けに枕元に置いた携帯電話から着信音が鳴り響いて、まゆは思わずベッドの上で体を、びくん、と、震わせた。

いったい何分くらいうつらうつらしていたんだろう、枕元の時計を見るが、眠りに落ちた時刻を知らないのでどうにもならない。目を閉じた記憶もないのに、目を開けてはじめて眠りに落ちていたことに気づく。寝落ちあるあるだ。

鳴りつづける携帯電話を、身をよじって右手でつかむ。

画面にある名前は、矢倉ぐり子。

まゆが通話ボタンを押すと、

『もそもそ』

と、高校時代、まゆとその友人間で流行っていた挨拶でぐり子が呼びかけてくる。今思えばまったく面白くないなあ、くだらないなあ、でも学生時代ってそんなものだよなあ、と時の流れに思いを馳せながら、まゆは、

「もそもそ」と返す。「久しぶり」

『久しぶり。ごめんねえ、返事遅れちゃって』

そう言われてまゆは、昨日の夜のうちに、ぐり子に、よければ明日にでも会わないかという旨のメッセージを送っていたことを思い出した。その時は、雨がここまでひどくなるとは思っていなかったのだ。

『こっち来てるんだね。道が水没したニュース見たけど。無事だった？』

高校時代のぐり子は成績もよく、歯に衣着せぬ物言いが男女問わず人気があって、クラスの中心的存在だった。が、今こうして話してみると、言葉の端々に現れるこの地方のなまりに、いかんともしがたい野暮ったさを感じてしまう。自分だって当時は同じイントネーションで話していたのかもしれないから、ぐり子にしてみれば、そんなこと思われたくないだろうけど。

「うん。ぎりぎり間に合ったんだ。そのかわり村に閉じ込められちゃってね。いつ帰れるかもわからないよ」

『まあ、たまには実家でのんびりするのもいいんじゃない』ぐり子は言う。『お姉さんとか、まだいるの？　昔、家に行った時、一緒に遊んだことあったよね』

「いるいる。相変わらずどんくさいし辛気くさいよ」

『そんなこと言わないの』

「だって本当だもん。きょどきょどおどおどへどもどしてるし、見てていらいらするよ。『まゆちゃんまゆちゃん』ってうるさいし」

ぐり子の笑い声でノイズが入る。『あはは、まゆの物真似、久々に聞いたなあ。似てる、って言えるほどお姉さんのこと覚えてないんだけどさ』

姉の話をこれ以上つづけると肌によくない気がしたので、まゆは、「それにしてもすごい雨だね」と話を変える。

『ほんとにねえ』しみじみとした口調でぐり子が言った。『この間の梅雨の時もけっこう降ったけど、それよりひどいかも。せっかく誘ってくれたのに、これじゃ会うのは無理だねえ』

　家族とずっと顔をつき合わせているのも気が滅入るから、ここに来る時はなるべく予定を入れるようにしている。とはいえこの村に、時間をつぶせる観光スポットなんてないため（あったところで観光スポットは地元民が楽しむものでないのが相場だ、まゆにしてみれば自分が地元民であるつもりもないのだが）、せいぜいが学生時代の友人に会う程度だ。そのたびに、なんか会わない間に距離が開いちゃってるな、話しててもあまり楽しくないな、友達って結局のところ限られた期間に一緒にいた人の中でたまたまちょっと気が合っただけの存在なんだよね、この子と私はもうステージが違うんだよね、と感じる。その都度、胸に訪れる、メロウな憂いに浸るのが、まゆは嫌いではなかった。

「いいよいいよ」ベッドに寝そべったままで、まゆは言った。「どのみち道が水没してて、村の外に出られないし。それよりぐり子の家こそ大丈夫？　けっこう山の中だけど」

『うちはけっこう高いところだからね。水のほうはそこまで心配なさそう。どっちかって言うと、雷のほうが怖いかな』

ぐり子は地元の短大を卒業してすぐ結婚した。子供は二歳と一歳になる男の子が二人。二人とも初見で読めない名前だ。ちなみにぐり子の旧姓は小伏(こぶし)という。

「そっかあ」

『というか、雨とか雷もそうだけど、実は今、家のほうがちょっとばかし立て込んでるんだよね』

ぐり子は言った。

「立て込んでるって? ちびちゃんたちになんかあった?」

『そうじゃなくて。いや実はさ、ここだけの話』

「は? ショコラティエの和菓子?」

創作菓子?

『ここだけの話って言ったの。どんな聞き間違いよ』

「雨のせいかなあ。どうも電波が」

『今思い出した、まゆって昔っからわけわからないこと言って、いっつも人の話に水差してたよね』

「えへへ」

ぐり子の嘆息が受話器の向こうで聞こえた。『まあいいけど。で、ここだけの話』

周囲に誰がいるわけでもなさそうだが、ぐり子は声をひそめた。『今日ね、うちに泥棒が入ったのよ』

「ど、泥棒？」

意外な言葉に、まゆはベッドから思わず身を起こして、「泥棒って、あの？」と食ってかかるように言った。

『どれのことかわからないけど、たぶんそれだよ』

「た、たいへんじゃん」

「たいへんだよー。堅悟(けんご)なんて癇癪(かんしゃく)を起こしちゃって」

堅悟というのはぐり子の夫だ。一度、写真で見たことがあるが、ふっくらとした体型とは対照的に、神経質で、臆病そうな目をしていた覚えがある。

いろいろと盗まれちゃったみたいでさ、とぐり子は言った。『宝石がいっぱいついた首飾りとか、青いダイヤモンドの指輪とか、オパールのブローチとか。あとは時計とかもやられたって』

「やっぱり高いやつ？」

言いながら、携帯電話を持つのとは逆の手で、枕元にあったうさぎのぬいぐるみをつかみ、抱きかかえるようにする。大きさのわりにしっかりとした重量があって、抱えるとおさまりがいいのだ。

『聞いてはないけど、堅悟の態度を見る限り、被害額はだいぶ大きそう。さっきまで顔色がトルコ石みたいになってたもの』

それからぐり子はことの詳細を説明しはじめた。

『ちょうどあたしたちも外出していたタイミングだったから、これは家に一人で残っていた鍛冶さんから聞いた伝聞なんだけど。あ、鍛冶さんっていうのはうちで働いてる家政婦さんね。堅悟が怒って追い出しちゃったから、もう元家政婦さんだけど。で、鍛冶さんによれば、昼ごろに、庭を掃除してたら、門の外から、傘を差した人に話しかけられたんだって。温泉はこちらの道であってますか、って聞いてきたんだって。ほら、この山って、温泉宿もあるでしょ。

それはもっと下のほうですよ、って教えてあげたんだけど、そうするとどうやって行けばいいか教えてほしいって言ったらしいのね。どうやっても何も、分かれ道のところまでおりてから、別のほうを上っていくだけなのに、と思いながらも、鍛冶さんは門の外にまで出て教えてあげたんだって。だけどそのあとも、その人、なかなか帰らなかったみたいで。延々と天気やシェイクスピアの話をまくし立ててたみたい』

「シェイクスピア？」

『そ。で、やっとこさ帰らせたあとで、鍛冶さんが屋敷に戻ったら、堅悟の部屋が荒らされてるのがわかって。たぶん一人が外で鍛冶さんを引きつけてる間に、別の誰かが忍び込んだんだろうね。そのあと、鍛冶さんから電話を受けて、あたしたちは飛んで帰ってきたってわけ。そこからはもうてんやわんやよ』

「え、じゃあ警察とか来たの？」

『いやそれがね、あたしもてっきりそうするものだと思ったんだけど。堅悟がさ、警察は呼ばない、って言い出して』

「は？　なんで？」思わず声が裏返った。

『ね。なんで、だよね』

「なんで、だよ」

『あたしも訊いたんだけど、どうしても理由を話してくれなくて』

ぐり子の嘆息が、ノイズとなってまゆの耳に響く。

「もしかしてだけど」まゆは思いつきを口にした。「その宝石って、人には言えないようなやりかたで手に入れたものなんじゃないの？　だから警察を呼べない、とか」

『怖いこと言わないでよ。まゆには他人事かもしれないけど、あたしの夫なんだからね』

「ごめんごめん」

『でもさ、堅悟の血相変えた態度を見てると、あながち、的はずれとも言えない気がするんだよね』不安げな声でぐり子は言った。『だいいち、そんな宝石が家にあったなんて、あたし、知らなかったし。実物を見たことさえないし』

「でも、警察に頼まないってことは、泣き寝入り？　それも悔しい気がするけど」

『あたしも気になったから堅悟に訊いたらさ、俺の大事な宝石を盗んでおいてただで済ませるはずないだろ、って顔をガーネットみたいにして、そのあといろんなところに電話してたよ』

「どうするつもりだろう」

『たぶん、誰かに頼んで追っかけてもらうんじゃないかな。彼って、いろんな分野に知り合いがいるみたいだし。だからこういう時、頼れる人脈がいくつかあるんだよ』

「人脈ねえ」

『うん。たとえば昔、堅悟とスポーツカーでハイウェイをドライブしてる時のことなんだけど』

　という鼻持ちならない前置きをして、ぐり子が話しはじめた。

『その時、車にあおられてね。そのせいで堅悟、ガードレールに車をこすっちゃって。あたしも腕の骨を折っちゃって、入院してたんだけど。それから何日かあとに、頭には包帯、腕にはギプスがぐるぐる巻きの、透明人間のコスプレみたいな人が、病室まで謝りに来たの。顔が隠れてたから、はじめは誰だかわからなかったんだけど。話を聞くと、なんかその時、あおったやつだったみたいで』

「堅悟さんが誰かに頼んで、成敗させた、ってこと？」

『自分でやるほど腕っ節は強くないからね』あたしにも腕相撲で負けるくらいだし、とぐり子は言った。『本人はぼかしてたけど、態度から察するに間違いないと思う。だから今回も、そういう人たちに頼むんじゃないかな』

「堅悟さんの人脈って、もしかしてちょっとグレーじゃない？」

グレーと言ったのは、友達のよしみで言葉を選んだからで、本当ならもう少し濃い色で言いたいところだった。

「でもさ、その泥棒たちも、そんな宝石を盗んでどうするんだろうね」

『というと』

「出所が怪しい宝石なんて、そんなの、お金に換えようとしたら、すぐばれちゃいそうじゃない？」

それならば、現金を盗んだほうが手っとり早い。うさぎの耳を空いた手で引っ張りながら、まゆは思う。

『んー。手に入れること自体に意義があるんじゃないの。美しいものはみんな好きでしょ』

「そうかなあ」

ベッドの上で、「うーん」と考え込むまゆを、

『まあ、まゆはそう思うかもね』

と、ぐり子が半笑いで評した。

「どういう意味よ」

『ほら、まゆって昔から、宝石とか、全然興味なかったし』

ぐり子の言うとおりだった。好きな人からもらったとか、思い入れがあるならともかく、そうでもなければ、値段くらいしか判断基準を持っていなかった。タンザナイトとサファイアの区別どころか、ルビーとエメラルドの見分けもろくにつかないくらいだ。

『ていうか、出所が怪しいって、勝手に決めつけないでよ。それはまゆが勝手に言ってるだけでしょ』

とぐり子は指摘してから、ちなみに、と言う。

『盗品だからって、金銭に換える方法がないわけじゃないんだよ。故買屋っていう、盗品の流通を承る業者もいるし、ブラックマーケットや、裏オークションもあるし』

「そうなんだ。ぐり子、詳しいね」

知らない世界だ、とまゆは思った。知らないほうがいいのかもしれないけど。

『堅悟からの受け売りだけどね』

「そういうことに詳しいとなると、いよいよ怪しいんじゃ」

やめてよ、とぐり子は言った。

『でもね、その堅悟によると、今回の泥棒たちは、誰かから依頼を受けて動いている可能性が高いってさ』

「ああ、そういうパターンもあるんだ」

『依頼人と泥棒の間に、互いをとり持つ仲介人が噛んでいるかもしれないけど、いずれにしても、誰かに頼まれて動いていれば、その泥棒が、たとえ宝石にまったく関心がなくても、その誰かから、報酬は入ってくるもんね』

「なるほどねえ」

その報酬はきっと、宝石なんかよりも汎用性のはるかに高い、全国のＡＴＭで引き出せるようなかたちをしていることだろう。

『ていうか、他人事みたいにしてるけど、まゆも気をつけなよ』

「気をつけなよ、って何が」いきなり矛先を向けられて、まゆは戸惑った。「うちには盗まれるような宝石なんてないよ」

たぶん、と内心でつけ足す。

『じゃなくて』

「あ、私が宝石みたいってこと？」

『違う』

即答されて少し傷ついたまゆは、オニキスのような瞳から、水晶のような涙がこぼれそうになるのを、ダイヤモンドのように固い決意でなんとかこらえる。

『あたしが言ってるのは泥棒のこと。もしかしたらまっすぐ山をおりたと見せかけて、裏をかいてそっちの村に抜けたのかもしれないんだからね』

「泥棒がこの村に？　ないと思うけどなあ」

『まあ、そのまま山をおりたと思うけどさ。おりる途中で迷わないとも限らないし。まあ万が一、もし知らない連中を見かけたら、警戒したほうがいいね。手口からして一人じゃないだろうからね。もちろん家に招くなんてもってのほかだよ。って、ねえ、ちょっと、聞いてる？』

「はあん」

『何よ、変な声出して』

「ううん。あ、そうだ、ぐり子。その泥棒の顔とか、わかったりしない？」

『どうして』

「や、なんて言うのか、ほら、その、えっと、用心しとくに越したことはないから」

『玄関の防犯カメラの映像はあるけど、あんまり参考にはならないと思うな。でも一応、送ってあげる』

数秒後、ぐり子からのメッセージが届く。

確認すると「この顔にぴんときたら」という常套句とともに、画像が添付されていた。斜め上から俯瞰した画角から察するに、門前の防犯カメラに録画されていたものを、携帯電話のカメラで撮影したものらしい。

画像には、その泥棒（と目された人物）が映っていた。画質はそこまで悪くないが、傘を差している上に、頭に目深にかぶった鳥打ち帽、目元を隠す黒縁眼鏡、口にはマスクと、顔がほとんど見えない。体型こそ細身で長身とわかるが、服装だって地味な色のシャツに黒のパンツと没個性的だ。

ここからわかるのは、性別と体型くらいだ。これではたとえ映っているのが知り合いでも、見分けるのは難しい、もちろん泥棒だってそれを意図しているのだろうが。

そのあとしばらく、益体もない話をしてから、通話を終えた。壁の向こうのゲーム実況の音声は、いつの間にか聞こえなくなっていた。

## 3-3

音楽室のドアを開けると、それまで鳴っていたピアノの音がぴたりと鳴りやんだ。残響が、壁や天井に吸い込まれる中、ピアノの前に座っていたひとみが、ゆっくりとドアのほうに向く。

「どうかなさいましたか」

表情と声音で、こちらを警戒しているのがわかる。

「や、その」言葉を探しながら、後ろ手にドアを閉めた。「部屋で寝ていたら、どこからか素敵な音色が聞こえてきたものだから、この音楽はどこから聞こえてくるんだろう、空からか、それとも地の中からか、と思ってふらふらしていたら、ここにたどり着いたってわけさ」

「あ、ごめんなさい。うるさかったでしょうか。雨だから大丈夫かと思ったのですが」

「いいや。雨音と雷鳴にうんざりしていたところだったからね。むしろありがたいよ」

相手の顔に浮かんだ警戒を解くよう、柔和な表情を作るよう努めて、

「ここにいたら、邪魔になるかな」

と訊ねる。

「そんなことはありませんけど。部屋にいたほうがいいんじゃないですか。いい加減、一階の酒盛りも終わる頃合でしょうし」

まだ飲んでるのかよ、と内心呆れつつ、「なに、そう長居はしないさ」と応じると、相手は小さく肩をすくめる。

了承されたと都合よく解釈し、室内にあった、手近な椅子に腰をおろした。

「夕食はどうでしたか?」

鍵盤に目を落としながら、ひとみが訊ねてくる。こちらを警戒しているのが、声音

や、神経を張った様子から伝わってくる。無害であることをアピールすべく、腹を見せる動物園の熊よろしく、スツールの背もたれに深く寄りかかって、力を抜いた体勢をとった。

「いやはや、どれもおいしかったよ。きみが作ったのかい？」

「本当は、もっと手の込んだものを出せればよかったんですが」とひとみは恥ずかしそうに下を向く。

「何を言うんだ。あんなにおいしい食事は、二人ともはじめて食べたぞ。味もそうだけど、随所に作り手の心遣いを感じたね。もしあれが最後の晩餐だと言われても、二人とも、なんの後悔もなく死んでいけるよ」

手放しの賛辞を送ると、ひとみはビロード張りの丸椅子の上で、居心地悪そうに下を向く。

「おおげさですよ。山の中をさんざん歩きまわって、おなかが空いていただけでしょう」

「いやはや、あの料理を味わえただけでも、山をさまよった甲斐があるというものだ」

「そんなに喜ばれると、作った甲斐がありますね」ひとみの背中がまるくなる。「ふだんは、料理を作ってもあまり褒められることがないので」

夕食の素晴らしさについて、もっと賛辞を送りたいところだったが、これ以上つづ

けると、ひとみの背中がどんどんまるまって、しまいにはアルマジロみたいになってしまいそうだったから、

「ところで、さっき入ってきた時に、弾いていたのは誰の曲だい？」

と話を変える。

「あ、あれはモーツァルトです。ピアノソナタの十二番。昔から好きな曲なんですが、今日みたいな日には、とくにうってつけかと思いまして」

「今日みたいな日に？」

どういうことかと訊ねると、ひとみは曲にまつわる雑学を披露してくれる。

「へえ。それは知らなかった。今度あいつに教えてやろうかな」

ひとみの首にはイヤホンが、だらんと、蔓植物のようにかかっていた。それで曲を聴いているうちに、自分でも弾きたくなったのかもしれない。そんな推測をしながら、

「ピアノ、習っていたのかい」

と訊ねる。

「小さいころに、ほんの少しだけ。だけどここに越してくるタイミングで、やめてしまいました。ピアノもわざわざ父が新しいのを買ってくれたんですけどね。今じゃ、ごくたまに弾くくらいです」

「もったいない」才能の浪費だ、と顔をしかめてみせる。

「妹さんも弾くのかい？」

「あの子はそういうのはからっきしです。同じ時期にはじめたけど、一番最初の運指の時点で、ぽーんと匙を投げてしまいました。じゃーん、と鍵盤を掌で叩いて立ち上がった、って言ったほうがいいかもしれませんけど。たぶん、すぐ弾けるようにならなかったから、つまらなかったんでしょうね。きっと『ねこふんじゃった』も弾けないんじゃないかしら」

「弾かなければ踏まれることもないから、猫にとってはいいことかもしれないね」

　軽口を叩くと、ひとみは、かもしれませんね、と口元を隠して笑う。笑うと目が細くなって、それこそ猫のように、愛嬌のある表情になった。この人はこんなふうに笑うのか、と思う。

「どうされました？　私の顔に何かついてます？」

「いや、なんでもない。そうだ。よければ、何か一曲、弾いてくれないかな」

　そう提案すると、ひとみは少し顔を強張らせる。「え、駄目かい？」

「いえ。そういうわけじゃないんですけど。人前で弾いたことが、ほとんどないので。ちゃんと弾けるかどうか」

　ひとみは言いながら、鍵盤の上に指を乗せ、緊張した面持ちで、動かしはじめる。が、一小節もいかないうちに打鍵を誤ってしまう。「あ」と呟いて、すぐさまもう一度、はじめから弾こうとするが、またしても、音と音がメロディになる前につまずいてしまう。そのたびにひとみの顔からは、何かに追いつめられているかのように、余裕がなくなっていく。

何度目かの失敗のあと、ひとみは、諦めたように、

「ごめんなさい」とうなだれた。「見られてると思うと、どうしても、緊張してしまって」

「いや、いいんだ。こっちこそ、変なことを言ってしまって、悪かったね」

自分も緊張しやすいタイプだから気持ちはわかる、とはげますが、ひとみは唇を噛んで、うつむいたままだった。

「そろそろ、部屋に戻るよ」

気詰まりな沈黙に押し出されるように、椅子から腰を浮かせた。「邪魔して悪かったね」

ひとみは「ごめんなさい」と頭をさげたが、あからさまにほっとした様子だった。

音楽室を出て、部屋に戻る。少しして、雨音の隙間を縫って、ピアノの旋律が聞こえてきた。先ほどまで弾いていたのと同じ曲。モーツァルトのピアノソナタ十二番、その第一楽章だ。『ねこふんじゃった』より遥かに複雑な、和音とメロディの絡まり。長調から短調へ、そしてまた異なる短調へ、目まぐるしく、気まぐれに、それでいて

流麗に繰り返される転調。猫の足が奇跡的にシェイクスピアを紡ぎ出すことはあっても、四本足である以上、この曲を弾くことは絶対にできないだろう。

ひとみの十指が、白と黒の鍵盤の上を、なめらかに踊るさまを想像しながら、その旋律に耳を傾ける。

## 3-4

晴れた五月の昼下がり。空気は澄んでいた、紙飛行機を飛ばしたら、どこまでも飛んでいってしまいそうなくらいに。周りで鳴る葉の音も、虫の音も、ふだんより遠くまで響いている、そんな気がした。

家の前の坂をくだり終えた先にある横道を右に折れ、しばらく歩くとある山。その山に作られた遊歩道を、まゆは兄と二人で歩いていた。

階段のように並ぶ、横向きになった細い丸太を、踏んで上っていく。子供にはいささか段差が急で、一段上るにも、えい、と勢いをつけないといけなかった。

息を吸うたび、草と木のにおいがした。

半分くらい上ったところで、後ろから要に呼び止められた。振り返るまゆに、要は「こっち」と言って、遊歩道の左側、杭の間に張られた鎖の向こうを指さした。

要は、その鎖をまたぎ、まゆに手を差しのべる。不安はあったが、「この先が秘密基地なんだ」と言われれば、まゆに選択の余地はなかった。秘密基地という言葉の誘惑には、あらがえなかった。

要の手をとり、鎖をまたぐと、近くに生えてきた木の枝が、まゆの頭に当たってしなった。

草や木の根を靴の裏で踏みながら、斜面を歩いた。鎖をまたぐ前より、勾配も急になっていた。木や草も伸び放題で、先ほどよりも、歩くのに難儀した。一歩ごとに、靴の裏に、違う感触があった。ごつごつした木の根、密集した草の葉、濡れた土、枝や木の実。枝葉をかき分けて進むたび、自分と森との境界がぼやけていく気がした。

振り返ると木と木の間から、先ほど乗り越えた鎖が見えて、もうあんな遠くに、と驚いた。決まった道をはずれる不安と、知らない世界に足を踏み入れる高揚で、鼓動は早まった。

しばらく歩きつづけると、やがて、足首に感じていた地面の傾斜が緩やかになった。お辞儀をするように揺れる枝葉の間をさらに進むと、平らかな空間に行き着いた。

空間内には背の高い木も生えていないから、まるでそこだけまるく区切られたようだ。日差しを遮る葉も少ないぶん、今まで歩いてきたところよりも明るかった。

「ここにまゆを連れてきてやりたかったんだ」

まゆの頭を優しくなでながら要は嬉しそうに言った。声変わりしても少年のあどけなさを残した、その内面を象徴するかのような、線の細い声だ。聞き逃してしまわないように、まゆはその声に耳を澄ました。

「いいだろここ。ぼくの秘密の場所なんだ。誰にも内緒だぞ。ママやひとみにも教えちゃ駄目だからな」

周囲では木々が揺れて、葉がやむことなく音を鳴らしていたが、うるさいとは思わなかった。むしろ、背筋が伸びるような、張りつめた静けさを感じた。空間の中を歩きまわるまゆに、「あんまりそっちに行っちゃ駄目だぞ」と来たのとは反対方向を指して要が言った。「森が続いているように見えるけど、そっちは急に崖になってるんだ。真っ逆さまに落っこちちゃうぞ」

空間の隅には、小さな石造りのほこらがあった。かがみ込んで、苔むした中を覗き込むと中には何も入っていない。

ひんやりとした、濡れた草と石のにおい。

「昔は何かがまつられていたんじゃないかな」

要が横から教えてくれた。遊歩道を作る際に、中にあったものは移されて、入れものだけが残ったんだと思う、と。そこに何が入っていたのか、まゆは想像を膨らませようとしたが、何も思いつかなかった。ほこらの後ろでは、ヤマモミジが葉を揺らしていた。まるでたくさんの掌が、手を振っているようだとまゆは思う。

## 3−5

とてつもない雷鳴に、まゆはベッドの上で目を開けた。

体の周りの空気が、まだ震えているのを感じる。かなり近くに落ちたのだろうとわかった。残響が遠のくにつれ、絞っていたボリュームを次第に上げるように、雨音が耳に入ってくるようになった。

夜の間ずっと、夢とうつつの間を、行きつ戻りつするのを繰り返していた。眠ろうとするたびに雷鳴が、加減と思いやりを知らない目覚まし時計のアラームさながら、まゆを眠りの淵(ふち)から引っ張り上げるのだ。

うーんとうなりながら、まゆはベッドの上でうつぶせになった。枕に頬の片方をつけた体勢で窓のほうに顔を向けていると、閉じたまぶた越しに、稲光が瞬くのを感じる。数秒後に割れ鐘のような雷鳴。クロールの息継ぎよろしく身をねじって、枕元にあるうさぎのぬいぐるみの横の時計を見る。暗くて見えないなと思っていると、折良く次の稲光で、部屋の中が照らされる。デジタル時計の表示によれば午前〇時をすぎたところ。ちなみに電波時計のため、時刻に狂いはない。

トイレへ行くべく、暗がりの中、もぞもぞとベッドから起き上がる。

部屋の床を歩き、ドアを開けて、廊下を挟んだ向かい側にあるトイレへ入る。

トイレから出ると、ひとみが自分の部屋から出てくるところだった。

「入る？」と訊くと、ひとみは眠たそうにまぶたをこすりながら、首を横に振る。

「喉、下、麦茶」

喉が渇いたから冷蔵庫の中の麦茶を飲んでくる、ということだと理解した。ひとみは昔から、眠いと片言になるという妙な癖を持っている。

ひとみはずるずるとまゆの前を通りすぎて、階段のほうへと向かっていく。その猫背気味の後ろ姿を見送ってから、まゆはトイレの電気を消して、部屋に戻った。

ベッドに寝そべって少ししてから、誰かが部屋の前を通りすぎる足音がした。ひとみが戻ってきたのだとわかった。まゆの部屋の前の廊下は、立てつけが悪いのか、昔から人がとおるたび、鶯(うぐいす)張りさながらにきしむ音を立てるのだった。そのせいで昔は何度も夜中に目を覚ましたものだが、これほどまでの雨音や雷鳴の中でも、しっかり聞こえるとは少し驚いた。

音と言えば、もう一つ。

先刻、風呂上がりに部屋にいた時にも聞こえた、壁の向こうからの音が、今も聞こえていた。今は誰かの声でなく、音楽という違いはあったが。聞こえてくる音楽は、まゆが学生だったころに流行った、夏の日に照らされた海面のようにきらきらしたポップソング。大出と小檜山が聴いているのだろうか、と思う。曲が終わるとすぐ次の曲がはじまった。これも聞き馴染(なじ)みのある曲だ。

ずっと鳴りっぱなしの雨音と、アトランダムにどかんとくる雷、さらに隣の部屋から聞こえる懐かしの青春ソング。その奇妙な三位一体のせいで、どうにも眠りのしっぽをつかまえられない。どころか目が冴えつつある。

これは寝られなさそうだと悟りつつも、まゆがベッドの上でごろごろしていると、ドアの向こうで、再び床のきしむ音がした。続けて、こんこん、とノックがある。「はい」という声はちょうど雷鳴と重なってかき消されてしまったので、もう一度、「はい」と答えると、ゆっくりとドアが開く。

顔を向ける。外が光って、ドアの前に立つひとみを映し出す。ホラー映画の演出のようで、少し愉快に感じる。

雷鳴のあと、ひとみが「まゆちゃん」と言う。

「何」

「雷がうるさくて寝られそうにないから、眠くなるまでゲームでもしない？」

ひとみは両手を掲げる。「テレビだと停電が怖いから、こっちで」

ひとみが何を持っているのか、まゆの目には暗くて見えないが、どうやら携帯ゲーム機を持っているようだとわかる。オンライン通信が普及する前の、通信ケーブルでゲーム機同士を接続するタイプのものだ。

「ソフトは？」

まゆの問いにひとみは、姉妹が昔よく遊んだ、丸顔と面長の髭(ひげ)の生えた兄弟が主役の、レースゲームのタイトルを挙げた。

面倒くさいな一人プレイでやりなよ、まゆはそう思ったが、すんでのところで思い直した。この雷雨じゃどうせ寝られないだろうし、何より、お姉ちゃんは毎日この村で鬱々とした日々をすごしているんだ、この性格じゃ話し相手だってろくにいないだろうし、たまに帰ってきた時くらい相手をしてやるのが、妹のつとめかもしれない、大人になりなよ私、と。

「しょうがないなあ」

まゆはそう言って、ベッドの上でゆっくりと身を起こす。

## 4−1

目を覚ますと朝だった。

ぱちぱちとまばたきをするまゆの頭に、昨夜の記憶が蘇（よみがえ）ってくる。

昨日は結局、二時間近くゲームをやってしまった。最初は一、二レースやれば姉も気が済むだろうと思っていたのだけど、次第にまゆもヒートアップしてしまったのだ。一段落ついたのは夜中の二時。その頃には二人ともさすがに疲れていたので、そこでお開きとなった。ゲームは一日二時間まで。

身をよじって時計を見ると、七時半。

雨音はまだ窓の外から聞こえていたが、昨日よりも弱まっている気がした。雷の音は聞こえない。雨のピークは夜のうちに去ったのかもしれない。カーテンを開けるのを億劫（おっくう）がって、カーテンのすみをめくり窓の外を見るが、びしょびしょに濡れていてよくわからない。だが面倒くさいから窓を開けてたしかめるまではしない。

カーテンから手を引っ込めた時、腕が枕元に置いてあるうさぎに当たり、うさぎが床に落下した。

どむ、とぬいぐるみにしては重たい落下音のあと、時間差で、長い耳が床を叩く。起きたら拾おうと、ひとまず床に転がったままにする。

兄の夢を見た気がする。それともそれはもっと夜更けのことだったろうか。ずっと浅い眠りと目覚めの間をゆらゆらと漂っていたようで、時間の感覚が曖昧になっていた。

すっきりした目覚めとは言いがたいが、もっと寝ていたいわけでもなかったので、まゆはベッドから身を起こした。

身を起こすと体の節々が痛んだ。ずっと同じ体勢でゲームをしていたせいか、体が固まってしまったみたいだ。

うさぎをもとの位置に戻してから、部屋を出て、階段をおりる。

一階の洗面所で身繕いをしてから、何か飲もうかとキッチンに向かう途中、廊下の床に、何かが落ちていることに気づいた。正確に言うなら落ちていたのではなく、虹緒の部屋のドアに、斜めに寄りかかるようになっていた。

虹緒の部屋の前まで近づき、それを拾いあげた。中心に向かって盛り上がった、銀色の円盤形で、まゆの手にすっぽりと収まるくらいのサイズだ。

ふちについている出っ張りを押してみると、熱された網の上のホタテみたいにぱっくりと開いた。中には白い文字盤と長短二本の針。懐中時計だ。

懐中時計？

誰かの落としものかな、と思いながら、なんとなくポケットに入れた。

そこで虹緒の部屋のドアが勢いよく開いた。風圧で、まゆの髪がそちらに引っ張られる。

ドアの向こうにいた虹緒は、すぐそばにまゆが立っているとは思っていなかったようだ。まゆもまた、いきなりドアが開くとは思っていなかったから、二人して、

「うわっ」

と驚いて互いに後じさる。

「びっくりした」と虹緒が言った。

「それはこっちの台詞だって」まゆも言った。「もっと静かに開けなよ」

「そんなところにいるほうが悪い」

さらりと人のせいにして、虹緒はすたすたと洗面所へと向かっていく。

その歩く姿を見て、お母さんも年をとったなあ、とまゆは思う。同年代と比べれば相当に若く見えるほうだと、身びいきを抜きにしても思うが、寝起きのせいか、首や目のあたりに年齢を感じた。お母さんももう四十すぎだもんなあ。

キッチンに行くとひとみがいた。コンロではやかんが火にかけられている。

「おはよう」

呼びかけに振り返ったひとみは、目の下が青くなっていた。「あ、おはよう」

まゆは冷蔵庫を開ける。ジュース類は一本もなかったので、仕方なしに、ドアのところに入っていた牛乳パックをとり出した。

「あ、まゆちゃん、直接口をつけないでね。昔からずっと言ってるけど」

牛乳パックを口元に運びかけていたまゆの手が、ぴたりと止まる。

「あと飲む前には冷蔵庫を閉めてね。昔からずっと言ってるけど」

まゆは冷蔵庫を閉めて、つかつかと戸棚に近づき、グラスを出した。調理台に置いて、これ見よがしに牛乳を注ぐ。

「これでいいんでしょ、これで」

「そ、そんなにとげとげしないでよ」

牛乳を冷蔵庫に戻すまゆに、

「朝は、トーストでいい？」

と、ひとみが、おもねるように訊ねる。

「えー。クロワッサンとカフェオレがいい」

「食パンしかないよ」

ちぇっ、と、まゆは舌を打つ。

「まゆちゃんが連れてきた、あの派手な二人も食べるよね」

派手な？　とまゆは姉の言いまわしに首をかしげたが、この村に住んでいれば、あのくらいの長髪や金髪も派手に見えるかと納得した。

「たぶん食べると思うよ」

「じゃあスープ多めに作ろうかな」

ひとみは言って、「あ、そこの魔法瓶もとって」と、水切りかごを指さした。

まゆが子供の頃から、箕輪家では朝に水を多めに沸かし、大きな魔法瓶にとっておくのがルールだった。お湯は必ず、寝る前に使い切り、夜の間、魔法瓶は水切りかごに伏せておく。虹緒が電気ポットで沸かしたお湯が苦手で、そういう決まりになっていた。

水切りかごの魔法瓶の横には、陶器製のコーヒードリッパーが逆さまになっていた。隅に仕切られたトレーには、片方に箸やフォーク、もう片方には、昨日、デザートを食べるのに使ったスプーンが三つ入っている。

それらを視界に収めつつ、まゆは水切りかごから、逆さまになった魔法瓶をとって、シンクとコンロの間の、調理スペースに置いた。

シンクの三角コーナーを見ると、コーヒーを淹れるのに使うペーパーフィルターが捨てられていた。フィルターも中に入った豆も水を吸っている。

「誰か夜にコーヒー淹れたのかな」

まゆの視線をたどったのか、ひとみが言った。

「お父さんじゃない?」まゆは答えた。「他に夜にコーヒー飲む人なんていないし」

「そうだね」ひとみは同意する。「お母さんは、昨日は睡眠薬を飲んで寝るって言ってたし。まゆちゃんが連れてきた二人だって、台所を勝手に使ったりはしないと思うし」

「お父さん、思うところがあったのかな」

言いながら、まゆは換気扇の横の棚に手を伸ばし、フィルターを入れておく木箱をとる。昨日持った時よりも重たくなっていた。ふたを外すと、中にはフィルターがぎっしりと入っている。

「そうかも」ひとみがしんみりとうなずいた。

会話が途切れたので、木箱をもとの位置に戻してから、まゆはキッチンを出た。さしたる理由もなく、玄関に向かう。ブーツを履くのは面倒なので、手近にあったつっかけに足を入れる。

チェーンと鍵をはずして、外に出た。雨はまだ降っているが、雨音はだいぶ弱まっていた。目に見える雨の縦線も細くなっている。

空は雲に覆われているが、稲光もなければ、雷鳴も聞こえてこない。ポーチの外に掌を出してみると、雨粒は小さく、勢いも弱くなっていた。雨のピークは昨日のうちに去ったようだ、とまゆは思う。

気まぐれに、傘を差して、庭の踏み石を渡って門の近くまで行ってみたが、柵の外に見える地面が泥だらけだったから、外まで行かずに引き返した。閂（かんぬき）はは ずれていて、門の把手は、昨日まゆが閉めた角度のままだった。

家の中に戻ると、ひとみが電話で誰かと話していた。電話あるあるの例に漏れず、平生の話し声よりもトーンが高い。

それでもまだ暗いけど、とまゆが思っていると、ちょうど電話を切るタイミングだったようで、「あ、はい、ありがとうございます」と言ってひとみは受話器を置いた。電話が苦手な性分らしく、ひとみは、はあ、とため息をつくと、背中をダンゴムシのようにまるめる。

「電話？　誰から？」

後ろから声をかけると、ひとみは驚いたように、びく、と身を震わせてから振り返り、

「あ、渦間さんから」と言った。「雨は大丈夫だったかって心配してかけてきてくれて」

さすが田舎、心の距離感が近い、とまゆは思う。

「渦間さんも、昨日はやっぱり帰れなかったみたいで、あの家に姪っ子ちゃんたちと泊まったんだって」

ひとみの話を聞き流しながら、まゆはリビングまで行って、テレビをつける。スタジオのセットの色味がやけにパステルな地元の放送局の気象情報によると、やはり嵐

は夜のうちにピークを越えたようだ。

この調子で道路も早く復旧すればいいのにな、とまゆが思っていると、ひとみが廊下から首を出して、

「新聞はさすがに来てなかったよね？」

と訊ねてくる。

「ほわ？」

「え？　え、っと、さっき玄関に出てなかった？」

「出たけど」

「ポストを見に行ってくれたんじゃないの？」

「んにゃ」

「そ、そっか」

姉が首を引っ込める。少しして玄関のドアが開く音がした。

やがてリビングに戻ってきたひとみは、手に何も持っていなかった。新聞は届いていなかったらしい。道が封鎖されてるんだから、当然と言えば当然だ。自明とさえ言ってもいい。無駄な運動お疲れさまです、と、まゆは内心で姉をねぎらう。

朝食の支度をするというひとみが出て行って少しして、虹緒がリビングに現れた。部屋の前で会った時に着ていた寝間着から麻のワンピースに着替えている。あらため

て、おはようと言い合ってから、

「昨日は雷すごかったね」

とまゆは話を振る。

「そうだった？　全然気づかなかった」

「うっそ、すごい音だったのに」

そういえば、睡眠薬を飲んだって言ってたっけ、とまゆはひとみから聞いた話を思い出す。

大出と小檜山が起きてきたのは、それから三十分ほど経ってからだった。大出の髪は寝癖で、実験に失敗した科学者のようになっていた。小檜山は目の下に青い三日月を作っている。小檜山のほうは寝不足のようで、頭が小さく揺れていた。

「おはようございます」と言う二人に、まゆは挨拶を返す。

「雷ひどかったけど、よく眠れた？」

「それが、朝までぐっすりでした」大出は照れたようにぼさぼさの頭をかいた。

「のんきな奴だよ」と小檜山は呆れ顔をする。

「昨日は少し酒を飲みすぎたんだよ」大出が言い訳するように言う。「シェイクスピアも書いているように、やはり酒は脳泥棒だな」

「お父さんと、お酒飲んでたよね」まゆが言う。

りで言う。

「ええ。秘蔵のウィスキーをいただきました」

あれは素晴らしいお酒ですね、昨晩のことを思い出したのか、大出は興奮した口ぶ

「お父さん、しつこくなかった？　酔うと長いんだよね」

「いいえ。楽しい時間でしたよ」

「あの話、聞いた？　庭の木の」

まゆがそこまで言っただけで、大出には伝わったようだ。「樫の木の話ですね」と言う。「要さんと二人で植えたという」

「やっぱり話したんだ」まゆはため息をつく。「お父さんの鉄板ネタでね。昔から、酔うと絶対にするんだよ」

まゆたちが来る数年前、征一と要は、ここに越してきた年に、二人で、庭に樫の木を植えたという。征一にとってそれは忘れがたい記憶のようで、まゆは何度も聞かされていた。

植えた木の前で二人が並んでいる写真は、まゆが知る限り、今も書斎に飾ってあるはずだ。

「最初に植えた時に、斜めになったから、掘り返して、もう一度植え直したところなんて、臨場感たっぷりでしたよ」

「そのくだり、お父さんのお気に入りなんだよね」まゆは苦笑する。「ね、あれは言ってなかった？　チュッパチャップスとか、肥後モッコスみたいな」

「モッコス？」大出は眉根を寄せる。「いえ、そんな話はしてませんでしたね」

「あ、そう？　お決まりの流れなんだけどな」

二人で話しているうちに、征一はリビングでまどろみ、しまいには眠ってしまったという。

そのあと、リビングに現れた虹緒に、征一には自分があとで声をかけるから、と言われ、大出はようやく解放されたらしい。

「ええ、やだなあもう」

まゆは顔をしかめる。身内の痴態を人に見られるのはどうしてこんなに恥ずかしいのだろう。

ひとみの手による、トーストとスクランブルエッグ、野菜スープという朝食がダイニングのテーブルに並んだのは八時半だった。

その時間になっても、征一は起きてこなかった。

「お客さまもいるのに寝坊なんて。やっぱり昨日飲みすぎたんだよ」

まゆがやきもきしていると、虹緒が、

「書斎にいると思うのよ。起きた時に部屋を覗いたけど、ベッドは綺麗なままだったから」

と言った。それを聞いたまゆは、

「私、ちょっと行って見てくる」

と、テーブルに手をついて席を立った。

ダイニングから、書斎へ向かう。

書斎の扉は、閉まっていた。

起きてすぐ、洗面所に行った時、遠目に見えたのと同じだ。

ノックをしても返事がない。

何度繰り返しても返事がないから、まゆはドアを開けた。

「お父さん」

部屋の前で呼びかけるが、返事はない。

書斎に入る。ひやりとした空気が半袖の腕にかかった。昨日同様、部屋の隅にしつらえられたエアコンが動いている。机の上では、ライトがつけっぱなしになっていた。

古い紙のにおいを感じながら、部屋の奥、椅子の背もたれに頭を預け、目を閉じている征一に近づく。

窓のカーテンは閉まっている。

卓上には、コーヒーカップが置かれていた。敷かれたソーサーには、スプーンが添

えられている。それを視界の端に収めながら、

「お父さん、お父さん」

と呼びかけた。「朝だよ、朝だよ」

征一から返事はない。

まゆは、征一の肩をとんとんと叩く。

反応はない。

机の上に積まれた本の一番上は、昨日と同じく『ユリシーズ』の一巻だった。そこに何かが挟まっているのがまゆの目に入る。ハードカバーの表紙をめくると、見返しの部分に、昨日はなかった、青い封筒が挟まっている。

「お父さんってば」

まゆは征一の体をゆする。

が、反応はない。

おかしいな、と思いながらも、繰り返し体をゆすっていると、椅子の上、バランスを崩した征一の体が、まゆのほうへ倒れかかってきたから慌てて抱き止めた。昔からずっと使っているシャンプーのにおいと、乾いた肌のにおい、それにほのかにウィスキーのにおいが鼻に届く。

「お、お父さん？」

その後も、まゆは何度も呼びかけたが、征一から返事が返ってくることはなかった。

征一は死んでいた。

## 4-2

ダイニングのテーブルで、まゆたち五人は顔をつき合わせていた。それぞれの前にはひとみが作った朝食が並んでいた。スープだけはひとみが温めなおしてくれたから、カップから湯気が立っている。

警察への通報はまだしていない。

皆で話し合ってそう決めた。

「まず五十嵐(いがらし)先生に診てもらいたいわ」

そう主張したのは虹緒だった。五十嵐というのは村の医者で、まゆも何度か診察を受けたことがある。禿頭(とくとう)に、サンタクロースのような山羊鬚(やぎひげ)という風貌で、子供の頃は、その鬚の間をかき分けるように、ぬっと出てくる聴診器を、ひどく不気味に感じたものだった。

「だいいち、自殺かどうか、まだ決まったわけでもないんだし」

虹緒の態度からは、騒ぎになるのはこりごりだという思いが窺(うかが)えた。千穀のようなせまい村では、噂(うわさ)はあっという間に広まってしまう。十二年前もそうだった。当時の経験を踏まえれば、母がそう言いたくなる気持ちは、まゆにはよく理解できた。

箕輪家の誰もが、征一が自殺したとは考えていなかった。だがその意見の一致は、けっしていいことではない。ある意味では別の、もっと大きな問題をはらんでいた。

言うまでもなく、だったらどうして征一は死んでいるのか、という問題だ。

自殺じゃないなら？

この中の誰かがかかわっているのでは？

警察への連絡を先送りにするのには、皆の中にあるその疑念が、大きく影響していることは間違いなかった。

事実、テーブルの上を飛び交う視線には、どこか互いの表情の裏を探るような、後ろめたい冷ややかさがあった。

もっとも、たとえ今すぐ警察や医者を呼んだところで、すぐに来られるわけではない。

今朝のニュースによれば、道路にあふれた水は、しだいに引きはじめているということだった。だが、人や車がとおれるようになるまでには、まだ時間がかかるという。

そして村の交番があるのも、五十嵐の診療所があるのも、冠水した道の向こう側。

道路が復旧するまでは、いくら連絡をしたところで、医者や警察は、ここには来られない。

すなわち膠着状態。

そんな停滞した状況を象徴するように、皆がのそのそと食事を口に運ぶ中、

「でも、やっぱり私は、あなたたち二人が怪しいと思うのよね」

自分の皿の上のスクランブルエッグを、ケチャップと混ぜながら、来客二人にそう言い放ったのは、虹緒だった。

「お、お母さん。いきなり何を言うの。失礼じゃない」

まゆは慌ててたしなめるが、虹緒は話すことも、皿の上のスプーンを動かすことも、やめなかった。

「だけど、どう考えても怪しいでしょう。だってこの二人が現れて、すぐ次の日に、あの人が亡くなったんだから。無関係と考えるほうが無理でしょう」

母の放言にひやひやしながらも、まゆは心のどこかで、まあたしかにな、と思っていた。タイミングは、いかにもそれっぽいし、何より自分の家族よりは、昨日はじめて会った人物のほうが疑いやすかった。

ひとみだって黙ってはいるが、むしろ黙っているからこそ、母親と同意見だとわかる。

つまり、虹緒が口にした意見は、いわば箕輪家の総意だった。

だけどもうちょっと言いかたってものがあるじゃない、とまゆはひやひやしながら

客人二人を見る。小檜山があからさまに動揺しているのに対して、大出は無表情だ。

「だいたい」虹緒はさらに言葉を重ねる。「山を越えてきたってのも、本当かどうかわかったもんじゃないわ。もともとうちに入り込むつもりで、誰かがとおりかかるのを待ち伏せしてたんじゃないの？」

皿の上のスクランブルエッグはもうぐちゃぐちゃだ。

「困りましたね」

一同の視線を浴びながら、大出は人差し指で頬をかいた。「神がけて、我々は征一さんが亡くなった件に関しては無関係です。が、皆さんがそう思いたくなる気持ちもわかります。出て行け、と言われれば従うほかありませんが、容疑者筆頭である以上、それも難しいですよね。かといって、私とこの小檜山がどれだけ事細かに互いの無実を証言しあったところで、納得はしてもらえないでしょう」

大出はそこで一呼吸置いたが、小檜山を含めた一同は何も言わない。

席に座る面々を、一度、ぐるりと見渡してから、大出は肩をすくめて、

「わかりました」

と言った。

「それでは、少し我々に時間をいただけませんか。贅沢（ぜいたく）は言いません。道路が復旧するまでの時間でけっこうです」

「ど、どうするつもりなんだ？」

と言ったのは、意外にも、というべきか、大出の隣に座っていた小檜山だった。意思の疎通ができていないのだろうかとまゆは思う。

大出は隣の小檜山に、一瞥をくれたあとで、一同に向けてこう言った。「それまでに、箕輪さんがどうして亡くなったのか、その真相をつき止めてみせましょう。そうすれば私たちの潔白も証明されますからね」

## 4-3

「さて」

「さて」

「きみはいったい何を考えているんだ。真相をつき止める、だって？　冗談だろ」

「本気も本気さ。よく考えてみろ。今の我々にとって、もっとも優先すべきことはなんだ」

「決まってるだろ、この村を一刻も早く出ることだ」

「そうだ。だが今の状況じゃ、もし道が復旧したところで、すぐにそこから出るのは難しいだろう」

「家主が不審な状態で亡くなった上、関与を疑われているとあってはね」

「仮に容疑がかかってなかったとしても、真相がわからないままでは難しいさ」

「あ。だから自分で解こうって？」

「そういうことさ。それに、容疑者どころか、謎を解いた名探偵ともなれば、我々に対する向こうの心証も百八十度変わる。それなら、医者や警察を呼ぶ前に、村を出たいというこちらの要望も、聞き入れてくれるかもしれない」

「そう説明されると理屈はとおっている気がするけど。そんなに簡単にいくかなあ」

「簡単じゃなくても、我々に残された道はこれしかないんだ。医者はまだしも、警察が来れば、面倒なことになるからな。理由は言うまでもないだろう？」

「言うまでもないし、聞きたくもない」

「問題は、我々のうちどちらかが、本当に事件に関与している場合だが」

「そんなわけないだろ」

「それを聞いて安心した」

「はじめから疑うな。長いつき合いなのにまるで信用がないんだから」

「もし俺が、つき合いが長いというだけの理由で、おまえを容疑者圏外に置くようなやつだったら、逆に信用できなくないか」

「まあそれもそうだけどさ。で、謎を解くとは言っても、どうなんだい。もう何かつかんでいるのか？」

「現状、雲をつかむようだ」

「おいおい。それであんな啖呵を切ったのか。見切り発車にもほどがあるぞ。ったく、きみってやつはいつもそうだな。思い返せば、依頼を受ける時もそうだった。いくら報酬がいいからって安請け合いしてさ。僕はこんな依頼はやめたほうがいいって思ってたんだ」

「今さらそんなことを言うなよ」

「あの依頼人の態度だっていけ好かなかっただろう。やたら高圧的で、カリカリしてさ。あれが人にものを頼む態度かい」

「それに関しては同感だが」

「依頼人といえば、連絡はしたのかい」

「昨夜にな。だがうまいことぼかしておいたさ。村で足止めを食ってるなんて知られたら、何を言われるかわかったもんじゃないからな」

「ならなおのこと、目立つことは避けなくちゃな。まったく、考えなくちゃいけないことが多くて嫌になるね。雁字搦めの縛りプレイで窒息しそうだ。あやとりだってもっとシンプルだぜ」

「技によるだろう」

「あやとりで話を広げるなよ。それにしてもさ、今回はいったいどうなってるんだろうな。嵐に巻き込まれて、村に閉じ込められただけでも十分にやっかいだってのに、泊めてもらった家で死人まで出て、しかもそれが十二年前と同じシチュエーション？いかれてる。世の中の関節はもうがくがくだ」

「まったくだね」

## 4-4

ノックをして、まゆはリビングのドアを開けた。ソファに並んで座っていた大出と小檜山が、その顔に不安げな視線を向ける。

「どうでしたか」

大出に訊ねられたまゆは、親指と人差し指で輪っかを作った。

「オーケー出たよ」

ふう、と並んで座る二人が揃って息を吐いた。

安堵（あんど）の表情を浮かべる二人の向かいに、まゆは腰をおろした。まゆが来るのを待っていたのか、二人は横並びで座っていた。

「でも、条件があってね。二人だけで勝手に家の中を動きまわるのは駄目だって」

「ということは」

「そ。調査には私が同伴することになりました」まゆの言葉に、大出が表情を明るくした。「それは心強いですね。しかし、まゆさんは怖くないのですか」

「何が」

「私たちが犯人かもしれませんよ」

「んー、大出さんは違うでしょ。顔を見ればわかるよ」

「しれっと僕を省くなよ」

「小檜山のことも信じてやってください」大出が苦笑した。「こいつにできるのは、せいぜいが覗きや信号無視くらいです」

「フォローになってないんだよ」

「あのさ、ごめんね」

まゆが言うと、二人は言い合うのを中断して、揃ってまぶたをぱちぱちとさせた。

「何かまゆさんが謝ることがあったでしょうか」

「だって、二人を、家のことに巻き込んじゃったし。それに、お母さんも、二人にひどいこと言っちゃったから」

「我々はちっとも気にしていませんよ」大出が柔らかな笑みを浮かべる。「夫が自ら命を絶ったと考えたり、自分の娘を疑ったりするよりかは、よほど自然な反応です」

小檜山も黙って横でうなずく。

「まゆさんが抱え込む必要はありません。だから、そんなふうにうつむかないでください」

優しい言葉に、何故か涙腺が緩みそうになったので、まゆは目に力を入れる。だけど力及ばず目尻から水滴が垂れそうになったので、素早く指でぬぐい、「えへへ」と笑ってごまかした。「ありがと」

「それよりまゆさんこそ、無理をされていませんか。自分のお父様が亡くなられたばかりだというのに」

「それはそうだけど。でも、何もしないでいるほうが、いろいろとよくないことを考えちゃってつらいんだ」

じっとしていると、絶え間なく湧き出る黒雲に囲まれてしまいそうだった。それよりは、少しでも雲を振り払えるように、動きまわっていたい、そんな気分だった。

「だからさ、聞きたいことがあったら、なんでも聞いて。ほしいものがあったら遠慮なく使い走りにしてくれていいからね」

「それを聞いて安心しました」大出はこくりとうなずいた。「それではご協力、お願いします」

「こちらこそ」

「まゆさんが助手になってくれれば百人力ですね。おい小檜山、おまえは部屋で休んでていいぞ」

「僕にも手伝わせろよ」

「で、どうするの？」まゆが訊ねると、大出はゆっくりとソファから腰を浮かせて言った。「まずは書斎を見に行きましょう」

## 4-5

書斎の空気は、先ほど入った時よりもいくらかよどんでいるような気がした。自分たちがいない間に、酸素の濃度が減ったのだろうか、まゆはそんなことを思う。誰も呼吸をする人なんていないのに不思議だ、と。

発見時に灯っていた机のライトは、今は消してあった。椅子の後ろのカーテンは閉まったままだったが、室内は明るい。

まゆが見つけた時、椅子に座っていた征一は、今は、床に毛布を敷いて、その上に寝かせてあった。上からも、別の毛布がかぶせてある。

天井付近ではエアコンが稼働していた。朝の時点の設定温度は二十五度だったが、今は最低温度にまで下げてあった。征一が傷まないためだ。

「死亡推定時刻は、おそらく昨日の〇時から二時の間でしょうね」征一の体を検分したあとで、大出はそう見積もった。「警察や医者が調べれば、もっと正確な時間帯がわかるとは思うのですが」

それから大出は部屋の奥まで進むと、机の向こう側にまわり込み、椅子の背もたれに手をかける。

「まゆさんが見つけた時、征一さんはこの椅子に座っていたんですよね」

「うん」

「征一さんは、どちら側を向いていましたか」

今朝書斎に入った時、まゆは征一が眠っていると思った。そのため、起こそうとして、体をゆすったりした際に、見つけてすぐの時とは体勢も椅子の角度も変わっている。大出は、そうなる前の状態を知りたがっているようだ。

「どちら側、と言われると困るけど」まゆは記憶を探りながら言葉を紡いだ。「上半身は、背もたれによりかかって、首は、正面から見て、左斜め下に曲がってたかな」

「椅子の角度はどうでしたか？」

「椅子の角度？」

「この椅子は、座面がまわるでしょう。ほら、こんなふうに、三百六十度」大出は、そう言って、新体操の選手が低いところでリボンをまわす時のように、椅子の背もたれをつかんで座面をくるくると動かした。書斎の椅子は座面をまわせるようになっていて、座ったまま体の向きを変えられる。まゆも子供の時分は、何度も目をまわしたことがある。

「征一さんの体は、机に正対していましたか」

「うーん。まっすぐって感じじゃなかったかも。それよりはもう少し、こっちを向いてたかな」

まゆは言いながら、椅子の角度を、座った時に、机の正面に体の左側がくるように調整した。

「小檜山、実際に座ってみてくれ」

大出の指令に、小檜山は嫌そうな顔をしたが、何も言わずに従った。

大出はまゆを見る。

「こんな感じでしたか」

「そうそう。こんな感じだった」

「これが何か重要な手がかりなのかい?」

小檜山が口をはさんだ。首を曲げているせいか、声を出すのが苦しそうだ。「椅子の角度なんて、ちょっと体勢を変えるだけでも変わっちゃうだろうにさ」

「重要かどうかはまだわからないが、正確な状況を把握しておくことが大事なのさ。何がヒントになるかわからないからな」

「そんなものかねえ」

「そんなものだよ」大出は深々とうなずいた。「誤った前提は誤った結論を導く。道を一本違えただけで、目的地と全然違うところに着いてしまうこともあるからな」

「まあ、きみの言ってることはわかるけども。僕としてはそんな細部よりも、こっちに注目したほうが早道だと思うけどな」

首を曲げたまま、小檜山が机の上を指さした。

そこにはコーヒーカップと青い封筒が置かれている。

コーヒーカップと青い封筒。

それは十二年前、箕輪要が亡くなった時に、部屋に残されていたのと同じガジェットだった。

「さすがにこれは無視できないだろう」

「お兄ちゃんの時と状況を似せることに、なんの意味があるんだろう？」

まゆは言った。

「正直なところ、なんとも言えませんね」大出はうなる。「征一さんが自分で命を絶った場合にしても、そうじゃない場合にしても」

「でも、当時とは違う部分も多いんだよな」

小檜山が言いながら、封筒をとりあげる。「十二年前、要さんが亡くなった時は、遺書は植物図鑑にはさまれていた。だけど今回はジョイスの『ユリシーズ』の一巻」

「分厚いのは同じだけどな」

「内容にも差異がある。十二年前は、中の便箋に、『遺書』という題字と、『箕輪要』という署名があった」小檜山は言いながら、封筒の中から白い便箋を出し、三つ折りをほどいて広げる。

「でも今回はそれもない。まるっきりの白紙だ」

横に罫線が引かれた便箋には、何も書かれていなかった。

何も書かれていない便箋。

それは、一同が、征一の自殺を疑ういくつかの理由のうち、かなり大きなものの一つだ。要の時のように(文字数は少ないにしても)、本人の筆跡で、文字が書かれていたならまだしも、まったくの白紙では、あからさまに疑わしいし、偽物にしたってお粗末だ。

「もし征一さんが自殺でなく、誰かの手にかかったと仮定して」小檜山が言った。「その誰かが、この手紙を準備したとするなら、その誰かは、征一さんの筆跡を真似ることができなかった、だから白紙だった、ってことになるのかな」

それには返事をせず、大出はまゆに、「お兄さんの遺書は、現存しているのですか」と訊ねた。

「ううん。葬式の時に、一緒に棺に入れて燃やしちゃったみたい」

「封筒や便箋は、ふだんはどこにあるのですか」

「昔から便箋とか切手はまとめてここに入れてたはずだけど」言いながら、まゆは机の引き出しの、上から三番目を開ける。

「あ、やっぱり」

まゆの予想どおり、中には封筒や便箋が入っていた。色やデザイン違いで何種類かあるが、どれもミノワ文具のものだ。

「よくご存じですね」

「子どものころ、よく家の中で宝探ししてたからね」

「引き出しをがさごそ探るのは、宝探しと言っていいのかな」と半畳を入れるのは小檜山だ。

「よくロールプレイングゲームで、人の家の棚の中を勝手に調べてアイテムを見つけるでしょ。あれのイメージだったんだよ」

「ああ、庭に埋まっているのを勝手に掘り出したりするやつな。これからの時代だと、ああいうのも問題視されるのかな。犯罪を助長する、とか言って」

「そのうち落ちているアイテムの横に、『これはご自由にお持ちいただいてかまいません』って看板が設置されるようになるかもね」

まゆと小檜山が話している間、大出は黙って便箋を検(あらた)めていた。引き出しの中のものと、コーヒーカップの横にあったものを、まじまじと見比べて、「封筒も便箋も、引き出しにあるものと同じですね」と結論を出す。「ここに便箋が入っていることを知っている人は？」

「家族なら知ってると思うよ」

年に一度帰ってくるだけの私でも知っていたんだから、とまゆはつけ足す。

「もし知らなくても、机の中なんて、ちょっと探せばすぐ見つかるだろ。鍵がついているわけでもないんだから」

小檜山の言葉に、大出はうなずく。「では、箕輪家以外で、お兄さんの遺書のことを知っている人はいますか。具体的には、内容や、便箋と封筒の色など」

「親戚は知っているかもしれないけど」たとえば今日来るはずだった叔父夫婦は知っている、とまゆは言う。「あとはあなたたち二人も知ってるよね。私から聞いたから」

「村の人などは」

「狭い村だから、当時はけっこう噂が広まってね。お兄ちゃんが自殺したのは、みんな知ってるんじゃないかな。遺書のことも、もしかしたら伝わってるのかもしれないけど、さすがに内容や便箋の色までは知らないと思うよ。家族の誰かが話したなら別だけど、誰にしたって、そんなディテールまで、詳しく話そうとはしないはずだし」

「あ、ひらめいたぞ」椅子に座ったままの小檜山が身をぴんと起こした。

「どうした」

大出が促すと、小檜山は得意満面に、机の上を指さした。

「もともと、この封筒には別の手紙が入っていたんだ」

「というと」大出が相槌を打つ。

「にぶいな。征一さんが書いたものだよ」

「それを誰かが、白紙のものにすり替えたと？」

小檜山は勢いよくうなずく。「あるいは、この白紙の便箋も、最初から封筒に入っていた可能性もあるな。ほら、封筒に入れる便箋は二枚以上ってのがマナーだろ。内容が一枚に収まった時は、もう一枚、白紙の便箋を入れておく、ってやつ。昨今じゃ、知ってる人も減ってきた作法かもしれないけど、でも征一さんが知らないはずはないよな。何しろ、文具会社の元社長なんだから」

その作法は、まゆも征一から教わって知っていた。だから征一が知っていたことは間違いない。「でも、その作法って、遺書を書く時も適用されるの？」

「や、それはわからないけど」

「仮に小檜山の説が正しいとすると」大出が静かに言う。「問題は二つ。①手紙には何が書かれていたのか。②誰がそれをしたのか」

「わかってるよ」小檜山はふてくされた顔をした。「結局、内容うんぬんにかかわらず、同じ疑問に立ち返るって言いたいんだろ。でも、征一さんが書いた本文が他にあった、ってのはありそうな話だろ？　要さんの時は、文頭に『遺書』、文末に署名が残されていて、手紙として一枚で完結しているから、この説は成り立たないだろうけどさ」

ぶつくさ言いながら、小檜山は、便箋にインクの跡や文字を書いた跡が見つからないかと、目を凝らしたり、光に透かしたりしていたが、収穫はなかったみたいだ。「何も残ってないなあ、綺麗なもんだ」悔しそうに言う。

「手紙から得られる情報は、今のところ、これで打ち止めだろうな」大出が言う。「これが推理ゲームなら、『もうこれは調べたな』って出るところだ」

「となると次は」

小檜山の言葉に促されるように、三人の視線は手紙から、その横へと移動した。大きめの、白磁のコーヒーカップ。カップが置かれたソーサーの上にはステンレス製のスプーン。ソーサーとスプーンの先が触れるところにはコーヒーの澱がついていた。

机上に置かれたカップには、コーヒーが半分ほどまで注がれていた。毒が入っている可能性を考え、あとで警察に見せられるように、中身は発見時のまま、捨てずに残してある。

「カップは昨日、まゆさんが私たちに出してくれたのと同じものですね」大出が言った。「しかし、スプーンが違う」

昨日、二人に出したコーヒーに添えたものよりも、一まわりも二まわりも大きい。「このスプーンってあれだろ」小檜山が言った。「昨日、桃のシャーベットについてきた」

「たしかにそうだな」大出が言う。たしかにそうだ、とまゆも思う。

小檜山が言う桃のシャーベットというのは、昨日の夕食後、デザートに出てきたものだ。シャーベットをすくうにはちょうどいい大きさだが、コーヒーカップに添えるには大きすぎて、不格好に見える。ちなみに昨日、征一とひとみはいらないといったので、昨夜シャーベットを食べたのは四人。

「征一さんは、やっぱりハシリドコロを飲んだのかな？」小檜山が大出に言った。

ハシリドコロ。

十二年前、要が飲んだ毒だ。

「どうだろうな。少なくとも体に目立った外傷はなかったが」

「特徴的な兆候が出たりしないのか？　硝酸ストリキニーネを飲むと体が反り返る、みたいに」

「ハシリドコロの有毒成分は、どれもそこまで目立った症状が出ないんだよ」

大出は、テーブルの上のカップに顔を近づけ、カップの真上の空気を手であおぐようにした。

「これといって、変なにおいはないな」と大出。

「味はどうなんだ？」

「強い苦みがある、とは言われているが」

「飲むわけにもいかない、か」

　小檜山が腕組みして黒い水面をにらみながら、

「すぐに口をすすげば、少しくらいならなめても大丈夫じゃないかな？」

と未練がましく言う。

「やめておいたほうがいいだろうな。ハシリドコロより、もっと強烈な毒物が入っているかもしれないからな」

そろそろとカップに伸びていた小檜山の手がぴたりと止まった。「そうか、その可能性もあるか」

　警察や医者が来るまでは、毒の種類や、亡くなった原因はわからないようだ。

あれ？　とまゆは思った。でも大出さんは医者を呼ぶ前に謎を解くって言ってたよね？　その辺の情報って、推理する上でけっこう重要そうな気がするけど、本当に大丈夫なのかな。

　という不安を覚えたのは、どうやらまゆだけではなかったようだ。小檜山も、大出の横で顔を曇らせている。

「まゆさんが見つけた時、コーヒーの温度はどうでした？」

一人、表情を変えない大出が、まゆに訊ねる。

「冷たかったよ」

「最初からアイスコーヒーだった可能性もあるんじゃないか？」

小檜山が意見する。「それか、既製品をそのままついだとか」

「それはないと思うな」まゆが否定した。「流しに、コーヒー豆の滓（かす）が捨てられてたもん。流し台に洗ったドリッパーも置いてあったし」

「当時、要さんの部屋にあったカップには、コーヒーは、どのくらい残っていたんですか？」

「わからないなあ」

「そりゃそうだろ。何年前だと思ってるんだ」小檜山がくちばしを挟んだ。「十二年前なら、まゆさんはまだ小学生だろ。覚えていないに決まってるよ」

「じゃなくて。私は現場を見てないから」

まゆの言葉に、二人とも意外そうな顔をした。「おや、そうだったんですか」

「あれ？　言ってなかったっけ。その日は熱っぽくて」

「それは聞いていましたが、まさか現場を見ていないとは」

「子供だから、そういうことからなるべく遠ざけたんだろうね。だから部屋の様子とか、お兄ちゃんが飲んだ毒とかも、実際に見たわけじゃないんだ。部屋にいなさいって言われて」

兄の死の顚末（てんまつ）について、まゆの知識は、その多くが両親や姉からの伝聞に拠（よ）っている。だからどこか今でも、当時のことを思い出そうとしても、現実味が薄いというか、記憶のところどころにもやがかかったようにぼんやりとしている。

「そうでしたか」

「うん。あとで遺書は見せてもらったけどね」

言いながら、まゆはテーブルのカップに顔を近づけ、先ほど大出がしたみたいに手であおいで、においをかぐ。大出の言うとおり、異臭はまったくない。見た目にも変なところはないし、これでは毒が入っているかさえわからない。不自然なとろみがついていたりしないだろうか、そう思いながら、水面に渦を作るように、カップをゆらす。すると、底に何かが沈んでいるのに気がついて、まゆは「ん？」と声を漏らした。

「どうしました？」大出が言った。

「中に、粉みたいなのが」

「え」まゆの言葉に二人とも身を乗り出す。

まわしている途中で、液体の中、カップの底のほうで白い粉末が動くのを、まゆの目は捉えていた。

「溶け残っていたのか」

呟く小檜山の横で、大出はだしぬけに、テーブルの傍らでかがみ込むと、床にあったごみ箱の中を漁りはじめた。やがて中から何かを拾い、顔をあげる。二人のいぶかしげな視線をよそに、大出は続けて、床に這いつくばった。その体勢できょろきょろと床に視線を這わせていたが、やがて、絨毯の上から右手で何かをつまんだ。まゆが目をこらすと、その親指と人差し指の間に、ちょうどミニチュアの銃弾のような、茶色っぽい先端がまるい円柱形の何かがつままれているのが見えた。

「それは？」

まゆがそう訊ねてみると、「王冠の半分です」とよくわからない返事。何それ、と、まゆは顔で訴えると、大出は、「これだけでは何かわからないかもしれませんが。ごみ箱に落ちていたこれと並べれば、どうでしょう」

と言って、右の手を広げた。掌には、同じような形のものが乗っている。だがまるっきり同じというわけではない。まゆの見たところ、掌に握り込んでいたほうは白くて、茶色っぽく見えるほうよりほんのわずかに小さい。

「あ、カプセル？」

大出はうなずく。

「それに毒が入っていたのか?」小檜山が言う。

「さあ、どうだろうな」

大出はそれだけ言うと、ティッシュにくるんでそれをポケットにしまい、それから今度は床に横たわる征一に近づいた。傍らにかがむと、顔にかかっていた毛布をはずし、それから征一の顔に、自分の顔をぐいっと勢いよく寄せた。

まさかキスをするのかと、まゆは一瞬、思わず両手で目をおおったが、人差し指と中指の隙間からこっそり様子を窺うと、大出は征一と鼻先がぶつかるんじゃないかという距離まで顔を近づけたところで、ぴたりと静止し、そのまま征一の顔を凝視していた。

数秒後、顔を離し、上半身を起こした大出は、ゆっくりと立ち上がる。それから征一を見おろしたまま、腕組みをして、黙り込んだ。

大出の、心ここにあらずという様子に、考え事の邪魔をしてはいけないと思ったまゆは、机の上にぼんやりと視線を向けた。コーヒーカップ。積み重なった本。黒い万年筆とインク瓶。無骨な木製のペン立ては、要が昔、まゆたちが家族になる前、技術の授業で作ったものだと聞いている。

持ち手に小さい水晶がはめこまれたペーパーナイフ。樺細工(かばざいく)でできた眼鏡ケースには銀縁の老眼鏡。そして写真立て。

写真立ては二つ並んでいる。右のフレームは銀色のスチール製。左のフレームは木製。スチール製のフレームに入っているのは家族五人で海水浴に行った時の写真だ。お父さんの表情は硬く、お母さんは若々しく、お兄ちゃんは居心地が悪そうで、お姉ちゃんは野暮ったく、私はかわいい、と、写真を見たまゆは寸評をくだす。

左の木製のフレームに入っている写真には、征一と要が二人だけで映っている。この家の庭で撮ったものだ。二人の間に、腰くらいまでの高さの木が植わっている。その幹にはスコップが立てかけてあった。靴やズボンの裾は、泥で汚れている。写真をとおして、二人の充足感が立ち上ってくるようだ。

「これが話に出てきた樫の木か」

横にいた小檜山が、写真を覗き込んで言った。「植えた時の写真かな？」

「うん」まだ実物は見てないのだろうと思ったまゆは、「この写真だと一メートルくらいしかないけど、今はずっと大きくなってるよ」

と言って、椅子の背後、閉まったままだったカーテンを引いて、「ほら」と雨に濡れた窓の外を指さしたところで、

「あれ？」

と、ぽかんとしてしまった。

お兄ちゃんの木がない。

## 4-6

調査を中断した三人は、玄関で靴を履き替え、樫の木があったほうへ向かった。樫の木があったところに近づくにつれ、地面のそこかしこに落ちている幹や枝の残骸が目に入るようになる。

樫の木は、根っこの近くを残して、砕けて周囲に散らばっていた。残った部分も、断面がぐちゃぐちゃになっている。

まるで巨人が大きな斧(おの)を振りおろしたみたいだ、とまゆは思った。

「昨夜の雷のうちの一つが、落ちたようですね」と大出は言った。もっと高い木は周囲にいくらでもあるのに、とまゆは思うが、大出曰く、雷が高いところに落ちるとは限らないという。

地面に落ちた木の残骸の一片を、まゆは拾い上げる。裂けた断面のささくれが掌に当たってちくちくした。ところどころが少し焦げたそれを鼻に近づけると、濡れた木のにおいの中に、つんとくる煙のにおいがあった。

それを持ったまま、まゆは立ち尽くす。

嫌な気分だった。

十二年前、兄の要が亡くなったのと同じ日に、今度は父が死に、さらには二人の思い出の木までなくなってしまうだなんて。二人がいた痕跡を、誰かが世界から消し去ろうとしているんじゃないだろうか、そんな空想をしてしまう。

黙っているまゆに、大出と小檜山は何も言ってこなかった。何を考えているかまではわからなくても、察するところはあったのだろう。もっとも、気遣われている本人にしてみればそういう周囲の態度は察知してしまうものだから、さほど効果的ではない。どころかまゆは、気にされてるな、と意識して、むしろそれを気障りに感じてしまう性分だったが、しかしあえて指摘しないくらいの良識はまゆだって持ち合わせていた。サプライズパーティを予想していても、え！　嘘でしょ！　と驚いてみせるポーズが必要なのだ、うまく生きていくためには。

ちなみにまゆの知る限りでは、征一も要もどちらもそういうのが下手だった。要は何をやっても真顔。征一は、いちおう驚いたそぶりを見せるが、うわあ、が棒読みで、調教もろくにされていないボーカロイドみたいだった。

「どうせなくなるなら、もっと早くなくなっちゃえばよかったのに」

地面に散らばる木の残骸をつまさきでつつきながら、まゆは言った。その言葉に二人は怪訝(けげん)な顔をしたが、何も言わず、まゆが言葉をつづけるのを待っている。

「お父さんがここに越してきたのって、もともとはお兄ちゃんのためだったんだ。お兄ちゃんって昔、すごく頭よくて、中学も、進学校にいたんだけど、親の離婚だったり、学校での生活にうまくなじめなかったりで、途中で参っちゃったらしくて。それで、この自然の中なら、ってお父さんが思い立って、越してきたんだって」

「そうだったんですか」大出は、そう相槌を打った。「そういえば征一さんは、ずいぶんと、要さんのことを大事にしてらしたようでしたね」

まゆはうなずく。

「お父さんにしてみれば、五十歳近くなってから、やっとできた一人息子だったからね」

先妻との離婚後、要と千殻村に越してきてからも、征一はここから東京にある本社に通っていた。もっとも、毎日行き来するのは難しいため、向こうにマンションを借りて、ここには週末だけ帰ってくる、という生活だった。

まゆたちが一緒に暮らすようになってからも、征一が経営者の地位を離れるまで、その生活リズムはつづいた。

「お母さんと結婚したのも、お兄ちゃんのことを考えて、ってのが大きいんじゃないかな」

この家に越してから、虹緒と再婚するまでは、家政婦を雇っていたというが、要は反りが合わなかったのか、その家政婦の話をする時、いつも顔をしかめていた。

「だからさ、お兄ちゃんがいなくなった時点で、お父さんには、もうここに住む理由なんてなかったんだよ。先祖代々守ってきた土地ってんならともかく、そうじゃないんだから」

打ち明けすぎと思いながらも、まゆは話すことをやめられなかった。言うべきでない言葉まで、口から、あの思慮の浅いブルーバードのように飛び出していく。

「お母さんなんかは、引っ越しを考えてもいいんじゃない、って言ってたんだ。年もとってきたんだから、もっと住みやすい場所のほうがいい、って。私はそれに賛成してたし、お姉ちゃんも、どう思ってるかはわからないけど、反対はしないと思う。なのに、絶対に、うん、っては言わなかった。最後には必ず、この木を植えた時の話を持ち出してね」

まゆは木の残骸を見おろしながら言った。

まゆは重たくなった雰囲気を壊そうとするように、手に持っていた木片を、地面に放り投げた。べちゃ、と湿った音を立てて、木片は地面に落ちる。

「今思えば、私たちが来た時も、同じことしてくれればよかったのにね。そんなこと言ってくれなかったな」

## 4－7

庭から玄関に戻る途中、大出が門を見たいと言ったので、寄り道をする。

鉄製の門は観音開きで、高さは三メートルほど。半分ほどの高さに、開閉のための把手がついている。その下にある鍵は、左側の門にある円柱状の鉄棒を、右側の門の穴にスライドさせて、閂(かんぬき)のようにとおすタイプだが、今ははずれている。

「この鍵は、ふだんから開けておくのですか」

大出がまゆに訊ねる。

「私の知る限りでは、日中は開けっぱなしだけど、夜には閉めておく、って感じかな。あ、でも昨日の夜の間は、鍵はかかってなかったはずだよ」

「昨日の夜、お母さんに、門の鍵は閉めるかって訊いたら、どうせこんな天気じゃ誰も来ないからいいでしょ、って言われたから、それもそうだなって」

大出の眉がぴくりと動く。「何故そう言い切れるのですか」

大出が得心したようにうなずく。「昨夜はひどい雨でしたからね。しかし我々のように雨に打たれた誰かが来なかったとも限らないのでは」

「いやあ、昨夜は誰も来てないはずだよ」

「それはまた何故」

「これだよこれ」と、まゆは門の把手を指さす。「今朝この門を見た時、把手の角度が、昨日二人と来た時に私が閉めたのと同じだったの。一回開けて、また閉めたら、同じ角度にはならないでしょ」

門を閉めた時、なるべく手を濡らすまいと慌てていたため、両方の把手が地面と水平にはならず、ほんのわずかに斜めになったのだ。アナログ時計で表すなら、八時十八分といったところ。

「まっすぐにしようか迷ってやめたから、妙に印象に残ってて」

「なるほど。しかし、今の把手の角度は、それとは違いますが」

今は把手は左右とも地面と水平になっている。

「たぶんお姉ちゃんが、ポストを覗くついでに、道の様子でも見に出たんじゃないかな」

それからまゆは把手の具合を再現してみせた。把手はことのほかなめらかに動いたから、いい角度にするのに少し手間どったが、何度かチャレンジしてやっとうまくいく。

「私が閉めた時は、このくらいの角度だったよ」

大出はそれにうなずいたあと、少しの間、自分でも把手を握り、開けたり閉めたりを動かしていたが、やがて「ふむ」とうなった。

「把手のねじがゆるめで、なかなか同じ角度にはなりませんね」

「でしょ」

「ちなみに、ここ以外に、敷地内から外へ出る経路はありますか？」

「ここだけだよ。あとはぐるっと鉄柵で囲われてるからね。あ、乗り越えようとするとセンサーが作動してアラームが鳴るから、やっちゃ駄目だよ」

## 4－8

屋敷に戻ったあとで、玄関でスリッパに履き替えてキッチンへ向かった。

流しの三角コーナーに捨てられていたフィルターは、事前にポリ袋に入れて保管してあった。あとで医者や警察を呼んだ時に、提出を求められるかもしれないからだ。そのフィルターを大出は、ポリ袋から出して、皿の上に置いた。そしてしばらくためつすがめつする。まゆも見てみるが、滓の中に何かが入っていたり、フィルターに妙な折り目が入っていたり、そうした違和感は見つからない。

まゆのほうを見て、大出は口を開く。

「朝、流し台にあったのは、ドリッパーと魔法瓶だけでしたよね」

まゆはうなずく。「あとはこっちのトレーに、箸とかスプーンがあったね」

「コーヒーポットはなかった」

「うん。でも不思議だよね。ポットもなしに、どうやってコーヒーを淹れたんだろ」

「カップに直接ドリッパーを乗せたんだろ」小檜山が言った。「一杯だけなら、そのほうがポットを洗う手間も省けて楽だし」

「あ、そっか」

「コーヒー一杯を淹れるのに、どのくらい時間がかかるものだろう?」大出が訊ねる。

「お湯さえあれば、十秒くらいでできるんじゃないの?」まゆが予想を口にする。

「さすがに十秒じゃ無理だろ」最初に豆を蒸らしたりしないといけないし、と小檜山は苦笑する。「まあ、お湯があるなら、カップ一杯ぶんなら、一分くらいかな」

大差ないじゃん、とまゆは頬を膨らませる。

「ドリッパーはふだんはどこに?」大出が訊ねる。

「シンクの引き出し」まゆが答える。

「コーヒー豆はどこですか?」

「そこの背の低い缶に入ってる」まゆがレンジ台の下を指して答える。

「この赤い缶ですね。」

今度はコンロの横を指す。フィルターは?」「そっちのラックの上にある、平べったい箱の中」

「ああ、これですか」

大出はラックに手を伸ばし、木の箱をとる。大きさは、文庫本くらいのサイズだ。

「かわいらしいデザインですね。鳥や植物が描かれていて」

まゆの目にはひどく野暮ったく見えるが、好みはそれぞれなので、そこには触れず、

「昔、村にお菓子屋さんがあってね。そこで売ってたキャンディが、これに入ってたんだ」

と説明した。

大出は木箱を小さくゆすってから、ふたを開ける。「これはまた、ぎっしり入ってますね」

「うん。昨日、私が使った時は最後の一枚だったんだけどね」

「まゆさんが補充したのではないんですか」

「私はしてないよ。次に使う人がやったんじゃない？」

「小檜山」

「なんだい」

「このフィルターが何枚あるか数えてくれ」

「ええ？　自分でやれよ」

文句を言いながらも小檜山は、言われたとおりにフィルターを数えはじめる。「六、七、八」

「あ、数える時、指なめたりしないでね」

「なめるか。十三、十四、十五」

フィルターをしまうには、箱のサイズがほんのわずかに小さいようで、箱に入っているフィルターは、どれも、上のアーチの部分に折り目がついている。

「二十六、二十七、あ、二枚重なってた、二十八」

大出は小檜山から視線をはずすと、足下のごみ箱を指さして、

「プラスチック用のごみ箱はこれですか」

とまゆに訊ねた。

「うん」

開ける許可をまゆからもらってから、大出はごみ箱の下のレバーを足で踏む。ふたがはね上がったごみ箱の、上のほうから、大出はくしゃくしゃに丸まっていた何かを拾う。それを両手でのばすのを、まゆは横から覗き込む。詰め替え用のフィルターが梱包（こんぽう）されていた、半透明の包装だ。表面に描かれたコーヒーカップのイラストの横に、五十枚入りと書いてある。

「三十四、三十五、三十六」

「木箱に移す前のフィルターは、どこに収納されているのですか」

「わかんないなあ。でもたぶん、このへんじゃないかな」

まゆは戸棚の下の引き戸を開けた。中にはキッチンペーパーやラップ、ポリ袋といったキッチン周りの消耗品類が入っている。「あ、やっぱり」まゆの予想どおり、コーヒーのフィルターも見つかった。ごみ箱にあったのと同じ包装のものが、数袋、重なるようにして入っている。

「補充されたフィルターも、ここにあったもののようですね」大出が言った。「ほら、

ちょうど一つぶん抜きとったみたいに、スペースが空いている」

「ほんとだね」

「数え終わったぞ」小檜山が言う。「ぜんぶで四十九枚だ」

## 4-9

「次はどうするの」まゆが大出に訊くと、

「虹緒さんとひとみさんに話を聞こうと思います」と返ってきた。

「アリバイ調査?」

「お二人の、というよりも、昨夜の征一さんの動向を知る意味合いが強いですね。コーヒーが淹れられた時間帯や、亡くなった時間帯が、もう少し絞り込めればいいのですが」


「昨夜はずっと部屋にいたわ」

リビングのソファに体を預けていた虹緒は、力のない声でそう言った。表情も生気に乏しい。まるで父がいなくなる時に、母の元気の一部も持っていってしまったみたいだ、とまゆは感じる。

「寝ている間、何か物音を聞いたりしませんでしたか」

「何も。というのも、昨夜は雷の音がうるさくて寝られそうになかったから、睡眠薬を飲んだの。そのせいで寝ている間、一度も目を覚まさなかったわ」話すうちに、虹緒の目がうるんでいく。「その間にまさかあの人があんなことになっているなんて」

ハンカチで目尻をぬぐう虹緒を見ていると、まゆもこみ上げてくるものがある。

「夜は魔法瓶を空にしておくと聞いたのですが、本当ですか」大出の口調は淡々としていた。湿っぽくなりすぎないよう意識しているのだろうと、まゆは推し量る。

「ええ」虹緒がうなずく。

「余ったお湯を捨てて、水切りかごにひっくり返しておく」

「よく知ってるわね」

「昨夜、魔法瓶を空にしたのは虹緒さんですか？」

「そうね」

「何時くらいでしょう」

「睡眠薬を飲んで、部屋に入る前だから、十一時すぎくらいかしら」

「その時、三角コーナーに、コーヒーのフィルターはありませんでしたか」

「なかった」

「もし夜中にお湯が飲みたくなったら、どうすればいいのでしょう？」

「やかんか鍋で沸かすしかないわね。それか電子レンジでチンするとか」

「蛇口からお湯は出ないんですか」

「出ないことはないけど、そんなに熱くはならないから、たとえばコーヒーを淹れようと思ったら、そのままじゃ駄目ね」

「昨日の夕方以降、木箱に、コーヒーフィルターを補充しましたか」

「いいえ」

それから大出は、書斎にあったコーヒーのソーサーに置かれていた、スプーンの話を振る。

「ああ、あれ。半年前くらいに買ったのよ。もともとはデザート用なんだけど、あの人、大きさが手にしっくりくるって言って、なんにでも使ってたの。ホットミルクを混ぜたり、ジャムをすくったり。気に入ると、そればっかりになるのよね。要もそういうところあったし、やっぱり親子よね」

「ということは、コーヒーをかき混ぜる時も、ふだんからあのスプーンを使われていた？」

「ううん。だってあの人はコーヒーはブラックしか飲まなかったから。だから、そもそもスプーンは必要ないのよ」

「そうでしたか」大出は腑に落ちた表情でうなずいた。

「最後に征一さんを見たのは、いつでしたか」

「あの人が書斎に入る前ね。ほら、昨日はここで、あなたとお酒を飲んでたでしょ」虹緒が言う。「あなたが部屋に戻ってから、今日は二種類の日だからね、って、このソファに座ってたあの人に声をかけたの。そうしたら、『わかったわかった』って」

「二種類の日？」大出が首をかしげる。「どういう意味でしょう」

「ああ、薬のことよ。曜日によって飲む薬が変わるから、まぎらわしくてね。お酒が入った時はとくに間違いやすいから忠告するようにしてるの。今日はカプセルだけの日、明日は粉薬の日、みたいに。昨日は二種類の日、だからつまり、カプセルと粉薬を両方飲む日ってこと」

「お父さん、どこか悪かったの？」まゆは訊ねた。大病で世を儚(はかな)んで、というストーリーが頭に浮かぶ。

「そんな深刻なものじゃなかったけどね。でもやっぱり年相応で、いろいろと薬は飲んでたわよ。血圧だったり、心臓だったりの」

「元気そうに見えたけど」まゆは言いながらも、昨日、書斎で父を見た時、ずいぶんと年をとったように感じたことを思い出した。

「娘には弱ってるところを見せないようにするに決まってるじゃない」

そんなものかな、とまゆは首をひねる。

庭の樫の木に、雷が落ちたことを、虹緒は知らなかったようで、まゆが言うと驚いた表情をした。

そのあとで深々と息を吐いて、「そう」と呟くように言う。

「思い出の木だとうかがっています」

「ああ、それも知ってるの」

と言う虹緒の口の端がくぼんでいた。笑った時ではなく、苦い顔をした時に、母の顔がそうなることを、まゆは知っている。

「昔から、あの木のことはえらく大事にしてたけど、最近はそれが高じて、ちょっと怖いくらいだった。たまに庭にいるのを見かけると、あの木にぶつぶつ話しかけたりしてたね。でも、そう。なくなっちゃったんだ、あの木」

虹緒は独りごちるように言って、膝の上で組んだ自らの手に、視線を落とす。

「要さんについても、お聞きしてよろしいですか」

そう断りを入れてから、大出は質問を重ねる。

「今回のことは、要さんが亡くなられた十二年前の時の状況に、ひどく似ているように感じるのですが、そのことについてはどう思われますか」

「どう思うも何も」そこで虹緒はまゆを、ちらりと窺う。「今の状況を受けとめるのにせいいっぱいで、何か感想を抱く余裕もない、ってのが正直なところよ」

他に何か訊きたいことはないかと虹緒に言われ、

「できれば、征一さんが飲んでいたお薬を、見せていただきたいのですが」

大出はそう言った。

変なことを言う、とまゆは思った。それは虹緒も同じだったようで、怪訝な顔をしたが、

「別に構わないわよ。洗面所からとってくるから少し待っててね」

と言って、腰を浮かす。その重たげな動きと、まるまった背中を見て、まゆはまた、母親の老いを感じた。

出て行ってすぐ、白い紙袋をとって虹緒が戻ってきた。大出は礼を言って、紙袋の中身をテーブルの上に並べていく。

粉末が入った薬包紙が数種類と、アルミとプラスチックのシートに入った、カプセルが一種類。カプセルは、半分が緑、半分が白の配色だ。

「征一さんが服用していた薬は、これでぜんぶですか」

虹緒がうなずく。

「どれも残り少ないな」

と言ったのは小檜山だ。「二、三日分くらいしかないんじゃないか?」

小檜山の言うとおり、数種類ある薬は、どれも個数が少ない。粉薬は各種一つか二つ、カプセルも一錠しか残っていない。紙袋の表面には、曜日ごとに、飲む薬とその

数、服用の時間帯が書かれていた。そこから逆算しても、あと二、三日でなくなる計算になる。

「本当は数日前に行くはずだったんだけど、その時は、あの人が体調を崩してしまってね」

本来は、今日にでも病院に薬をもらいに行く予定だったという。

「そこに昨日の冠水でしょ。道の復旧が遅れたら、薬が足りなくなるんじゃないかって、あの人は心配してたけど」

立ち消えになった虹緒の言葉を、こうなってしまえばそれも杞憂でしたね、と補うような心ない人間は、幸いにしてこの空間にはいなかった。

## 4-10

二階への階段を上る途中、ピアノの音が聞こえてきた。

「やあ、モーツァルトだね」小檜山が言った。「ピアノソナタの十二番。今の僕たちにはもってこいの曲だ」

まゆたちがぴんときていないのを見ると、小檜山は、

「かのアインシュタインが、この曲の第一楽章のフレーズを『エアリエルが大気から姿を現すかのよう』と評しているんだよ」

と流暢な口ぶりで説明した。

「エアリエル？」とまゆ。「洗剤？」

「違う」無知め、と言わんばかりに小檜山は下唇を突き出す。「エアリエルって言ったら、『テンペスト』だろうが」

「シェイクスピアか」大出が言った。「たしか、船に乗った連中が、嵐に巻き込まれて、島に漂着する話だったか」

「そうそう」似たような境遇だろ、と小檜山は言う。「エアリエルは島にいる精霊でね。漂着した人たちには自分の姿が見えないのをいいことに、場を引っかき回すんだ」

「ふうん」とまゆ。「小檜山さん、音楽とか戯曲とか、意外と詳しいんだね。意外」

「二度も意外と言うな」

「もしかしてさ、誰かからの受け売りをそのまましゃべってるんじゃないの？」

「僕をなんだと思ってるんだよ」小檜山は顔をしかめる。

先頭に立ったまゆが音楽室の扉を開けると、演奏が、ふつ、と鳴りやんだ。中にいたひとみに大出が話を聞かせてもらいたい旨を伝え、ひとみはうなずく。

「ピアノ、お上手ですね」

音楽室の椅子に座ってから、見るからに表情の硬いひとみの緊張をほぐすように、大出が言う。

「昔から、この曲、好きなんです」ひとみは鍵盤に視線を落としたまま言った。「本当ならもっと静かな曲を弾くべきなんでしょうけど。なんだか、今はそんな気持ちにはなれなくて」

「無理もありません」大出は柔らかい口ぶりで言う。「気分のほうはいかがでしょうか」

「平気、とは言えませんが」

人差し指が乗った白鍵が力なく沈み込んで、Fの音がはかなく鳴る。「それでも、こうしてピアノを弾いていたらいくらか落ち着きました」

「少し、お話を聞かせていただけますか？　なるべく手短にすませるので」

ひとみはこくりとうなずいて、ビロードの椅子の上で居住まいを正した。が、大出たちのほうを見られない様子で、視線が方位磁石の針みたいにふらふらとさまよっている。もともと社交的でもない上に、結婚に失敗してからというもの、ひとみは男性不信、というか男性恐怖症気味で、異性と顔を合わせると、平生よりさらにおどおどしてしまう。妹のまゆとしては、境遇を斟酌（しんしゃく）しつつも、もうちょっとどうにかしなよと思わなくもない。

大出は、先刻の虹緒にしたのと同じように、昨夜から今朝までの流れについて、ひとみから聞き出す。ずっと部屋にいたという虹緒とは対照的に、ひとみのほうはけっこう動いている。

「夜中に廊下でまゆさんと会ったそうですね」

ひとみがうなずく。「えっと、その、昨日は雷がうるさくて、なかなか寝られなくて。だから、キッチンで麦茶でも飲もうと思ったんです。それで、部屋を出たところで、妹に会いました」そこでまゆを見て、「えっと、まゆちゃんがちょうどトイレに入るところだったよね」と確認をとる。

「違う。出てきたところ」じれったいひとみを鞭打つように、まゆはぴしゃりと言った。

「そ、そうだった」ひとみが、びく、と背筋を伸ばす。「で、ちょっとしゃべってから、キッチンに行って何か飲もうと思って下におりたんです。その時、そちらの、小檜山さんにも会いましたよね」

意外な名前が出てきてまゆは驚いた。大出も同様だったようで、目をまるくして隣を見ている。

「ああ、そうだったそうだった」

すっかり忘れてた、ととぼける小檜山に、「おまえ、そんなこと言ってなかっただろ」と大出は苦い顔をする。

「いろいろあって忘れてたんだよ」小檜山は、金色の頭頂部よりも少し下の部分をかく。「トイレに行きたくなってさ。でも二階のが使用中だったんだよ。だから一階のトイレに行ったんだ」

当然、その間、トイレに入っていたのはまゆである。ということは、とまゆは頭の中で時系列を整理する。廊下に出た順番は、私、小檜山さん、お姉ちゃん、の順だ、と。

「わざわざ一階まで行ったのか？」と大出。「ちょっと待ってればよかったのに」

「女の人のすぐあとに入ったら悪いと思ってね」小檜山はそう言って少し頬を赤らめる。「きみは部屋にいたから、単純な消去法で、トイレを使ってるのはひとみさんかまゆさんのどちらかだろ」

変なところで気を遣う人だ、とまゆは呆れる。

「だが、微妙なずれこそあるにしても、そんな続けざまに廊下に出るなんて、いささか不自然じゃないか？」大出が首をかしげる。

「ちょうど雷がひどい時だったんだよ。たぶんそれでみんな目が覚めたんだろ」小檜山の言葉に姉妹はうなずいた。「ほらね？　まあ、きみは冬の熊みたいに眠っていたからわからないだろうけど」

「仕方ないだろ、昨日は山道を歩いてへとへとだったんだ」

大出は、釈明するように言う。「そんなところに征一さん秘蔵のウィスキーまで飲んだものだから、朝までぐっすりだった」

「ああ、あれはたしかにがつんときたな」小檜山がしみじみと言った。

「だろ。そのせいで昨日の夜のことも、ろくすっぽ覚えていない」

「神経が太いなあ。僕なんて昨日は一睡もできなかったってのに」

「ウィスキーを飲んで酔いつぶれていただろう」

「寝てたのは三十分くらいだよ。それ以降は寝つけなくてさ、一晩中、豆電球の明かりを見つめていたら、朝になっていた」

「小檜山さん、意外と繊細なんだね」

「きみは僕をなんだと思ってるんだ。僕は意外と感受性が豊かなんだぞ」

「自分で意外って言ってるじゃん」

逸れた話を軌道修正するかのように、大出は咳払い(せきばらい)をしてから、ひとみへの質問に戻る。

「昨夜、キッチンに行った時、流し台にコーヒーのドリッパーが置かれていませんでしたか。もしくは三角コーナーに、フィルターや滓が残っていたり」

「ええ？　どうだったろう」ひとみは、こめかみを手でおさえて、記憶を探るポーズをとった。

「なかったよ」と言ったのは小檜山だ。「キッチンの前をとおる時、水切りかごが目に入ったけど、見えたのは逆さになったポットだけだった」

言われてひとみの記憶も蘇ったようだ。「そうですね。なかったと思います」と同意した。

「二階に戻ったのは、小檜山のほうが先か？」

ひとみと小檜山が揃ってうなずく。

「ひとみさんは、キッチンから戻る途中、どこかに寄ったりは？　たとえばトイレや書斎など」

「どこにも」

「下にいた時間は、どのくらいですか」

「麦茶を飲みながら、少しの間、ぼうっとしていたので、正確なことはわかりませんが、だいたい五分くらいじゃないでしょうか」

「お姉ちゃんの言ってることは正しいよ」まゆが言った。「部屋にいたら、お姉ちゃんが戻ってくる足音が聞こえたからね」

時計を見てたから間違いない、とつけ足す。

「足音なんて聞こえたかな」首をひねる小檜山に、まゆは自分の部屋の前の床がきしむことを説明した。

興味深そうに聞いていた大出が、

「小檜山の足音は聞こえましたか？」

　とまゆに訊ねた。

「ううん。廊下がきしむのは私の部屋の前だけなんだ。だから小檜山さんの足音は聞こえない」

　二人の部屋もトイレも、まゆの部屋より階段側にある。そのため、二人がまゆの部屋の前をとおる必要はなく、廊下がきしむこともない。

　大出は納得したようにうなずいて、ひとみに向き直る。

「部屋に戻ってからは、お休みになられたのでしょうか」

　ひとみはかぶりを振る。「少しの間、ベッドにいたんですけど、雷の音がすごくて。ちょうど嵐が一番近かった時だったんでしょうね。寝られなさそうだったから、まゆちゃんに声をかけて、まゆちゃんの部屋で一緒にゲームをしていました」

「まゆさんの部屋を訪れたのは、部屋に戻ってからどのくらい経ってからですか」

「十分か、十五分くらいあとかな」まゆが答えた。

「その時もひとみさんの足音は」

「もちろん聞こえたよ。あ、音と言えば、お姉ちゃんが来る少し前に、なんか音楽が聞こえてた気がする」

　聞こえてきた歌の曲目を、まゆが順番に口にしていくと、

「あ、それ僕だな」と小檜山が挙手した。「寝る前に音楽を聴くのが好きでね。部屋に戻ってから、しばらく音楽を流してたんだよ。雷と雨がうるさくてまともに聴けなかったから、二十分くらいでやめたんだけど。まゆさんの部屋まで響いてたかい？　悪かったね」

風呂あがりに壁の向こうから聞こえてきた声も、小檜山が部屋で見ていた動画サイトからのものだった。

「それで、ゲームのほうは」

大出は、ひとみがまゆの部屋を訪れた時のことに話を戻す。

「あ、はい。その、最初は少しだけやったら寝るつもりだったんですけど」とひとみ。

「久しぶりだったこともあって、けっこう熱中してしまって」

「お姉ちゃんったら弱いくせにあきらめが悪いんだもん」まゆがため息をついた。

「『まゆちゃん、おねがい、もうワンレースだけ、後生だから』ってしつこくてさ」

「ご、後生なんて言ってないでしょ」ひとみは躍起になって否定しようとしたが、皆の視線を浴びて、すぐに顔を伏せた。「ゲームは何時くらいまでやってたんですか」

「二時くらいだと思います」ひとみが言う。「そ、そのころになるとさすがに疲れちゃったから、部屋に戻りましたけど」

姉の話は合っている、とまゆは大出たちにアイコンタクトを送る。

「まゆさんの部屋を訪れて以降、一階に行きましたか?」

「二人とも、一回ずつ」ひとみが言う。

「先におりたのは私ね」とまゆが言った。「なんか無性にアイスが食べたくなって、冷凍庫からとってきたの。一時半くらいかな」

ひとみが、そのくらいだったと思う、とうなずく。

「下にいた時間は、どのくらいですか?」

「びゅっと行って、すぐ帰ってきたから。長くても三分くらいだよね?」

ひとみがまたうなずく。

「ちなみにどんなアイスでした?」

「カップアイスだよ。いちご味のね。水切りかごにスプーンがあったから、それを持ってきて食べたの。ほら、昨日シャーベットを食べたやつ」

「かごにスプーンが何本あったか覚えてますか」「私がとる前の時点で、三本」

「水切りかごには、その時ドリッパーは」「あったよ」

「三角コーナーにフィルターも」「あった」

朝起きた時と同じ状態だったよ、とまゆが言うと、大出はうなずいて、今度は姉に質問の矛先を向ける。

「ひとみさんがおりたのは?」

「私はゲームを切りあげたあとだから、二時すぎですね」

「用件は」

「まゆちゃんが使ったスプーンと、食べ残したアイスを片づけに」

それから大出は、スプーンやドリッパー、フィルターに関して、まゆにしたのと同じ質問をする。姉の答えはいずれも妹と一致していた。戻るまでの時間も、約三分と同じだ。

姉が戻ってきた時、ドアの外で足音が聞こえた、とまゆは言う。

すると大出が、床がきしむ音を実際に聴いてみたいと言い出したので、四人で、まゆの部屋の前の廊下まで行き、実験することにした。

小檜山が廊下の前を行き来するたび、チューニングの狂ったヴァイオリンをささくれた弓でしごいたような音がする。まゆの部屋に入り、ドアを閉めてみても、部屋の中までその音はしっかりと聞こえた。

「これはまた、けっこうな音量ですね」

「でしょ。昨日の雷雨でも、聞こえるくらいだったからね」

「こんなに聞こえるなんて知らなかった」

ひとみも驚いた表情をしている。

実験で、まゆが個人的に驚いたのは、忍び足で歩いても、高く上げた足を勢いよくおろしても、室内に聞こえる音に、大きな違いがないことだった。さらには一人で歩いても、二人や三人で歩いても、音量に差がほとんどない。

ちょうど限界まで膨らんだ風船のようだ、大出はそんなふうにたとえた。どう息を吹き込んでも割れるが、割れる音の大きさはほとんど同じ、あれに似ている、と。

昔はもっと静かに歩いてほしいと兄姉に対して思っていたが、そういうことだったのかと、まゆは今さらながらに得心がいく。

## 4-11

実験のあと、聴取を終えたひとみは音楽室に戻った。

次はどうするのかとまゆが大出に訊くと、兄の部屋を見たいと言う。十二年前との関わりが気になっているようだ、とまゆにはわかる。

とはいえまゆは、先刻、書斎で話したように、当時の現場を直接見たわけではない。だから自分以外に、当時のことを知っている人がいたほうがいい、まゆは二人にそう提案した。

「と言っても、お母さんとお姉ちゃんしかいないんだけど」

「できればひとみさんにお願いしたいですね」大出が言った。「虹緒さんは、いささか、気が参られているようでしたから」

母の様子を思い出して、まゆは「たしかに」と同意する。

「じゃあ、呼んでくるから、二人は先に部屋に入ってて。お兄ちゃんの部屋は一番奥の、つきあたりだから」

まゆは二人に言って、たった今、別れたばかりの姉を呼びに音楽室に入る。ひとみは話し疲れたのか、ピアノの椅子ではなく、背の低い座椅子に腰かけて、ぐったりとしていた。呼び出しの旨を告げ、またか、という態度の姉を半ば引きずるようにして、まゆが廊下に出ると、屋敷の奥側、要の部屋、ではなく、その隣の部屋のドアが開いていた。

なんでよ。

と、まゆは思いながら開いたドアの前で歩みを進め、

「ちょっと二人とも、そっちは違うよ」

と、部屋の中に声をかける。「お兄ちゃんの部屋はつきあたりだって言ったじゃん」

薄暗い部屋の中、大出が姉妹のほうを振り返る。「おっと、これは失礼。誤って隣の部屋に入ってしまいました」部屋の中、ドアのほうを向いた大出が照れ笑いを浮かべながら頭をかく。

「この小檜山がこっちだこっちだって言い張るもので。こいつは二分の一を必ず間違うんですよ。そのせいで何度道に迷ったことか」

「おい、こっちだって行ったのはきみのほうだろ。きみはいつも人にかずけるんだから」

二分の一のはずれのほうの部屋の中は、防虫剤や除湿剤の、少しすえたようなにおいがした。ドアの正面にある窓から入る外光で、空気中に舞った埃がきらきらとしている。空き部屋の避けがたい宿命で、季違いの衣類がかかったハンガーラックや、替えの布団の一時的置き場になってはいるが、「き、汚いから早く出てください」とひとみが慌てて言うほどには、まゆには散らかっていないように思えた。

まゆの基準では、見せても余裕で許される範疇だ。というか東京の私の部屋より綺麗、とこっそり思う。昔からひとみは綺麗好き、まゆに言わせれば神経質で、学生時代も、まゆの友達がくるとなると、トイレや玄関までしっかりと掃除をしていた。ああそうだ、とまゆの脳裏に当時の記憶が蘇る。友達と言えば、お姉ちゃんは昔からコミュニケーション能力にちょっと難があるタイプだから、学生時代もあまり家に友達を連れてきたことがなかったなあ、私が友達を呼んだ時はいそいそと混ざってはきたけど。あの照れたような嬉しそうな顔ときたら、こっちが恥ずかしくなるくらいだった。

学生時代といえば、姉は昔から、人前で話すのが苦手で、日付が自分の出席番号の日などは、朝から憂鬱そうな顔をしていた。いつかの学習発表会で、クラス全員で詩の朗読をすることになった時などは、緊張のあまり体育館のステージの上で黙り込んでしまい、自分のパートを読み上げることができなかった。あれはみっともなかったな、とまゆは思う。私まであとで友達からもからかわれるし、と。

一同は、ぞろぞろと部屋から出て、今度こそ要の部屋に入る。

広さにして十二畳ほどの洋間だ。スチール製のベッド、壁の隅に背の高い本棚。ポスターも何も貼られていない壁。家具は少ないのに、姉妹の部屋や客室よりも広いから、なおのことがらんとした印象を見る者に与える。

要が生きていた当時のままだ。当時から無機質と言いたくなるほどに簡素で、まるで人間生活になじもうと奮闘するアンドロイドの部屋みたいだと、昔、まゆは思ったことがある。

定期的に掃除しているようで、家具や床には、埃もさほどたまっていなかった。

まゆは肌寒さを感じて、両腕で自分の体を抱くようにする。どちらも使われていない部屋のはずなのに、さっき入った部屋よりも、こちらのほうがずっと空気がよそよそしく感じた。どこか廃墟(はいきょ)めいた寂れと、深いところにこびりついた湿っぽさを感じる。

「十二年前の今朝、部屋の窓は開いていましたか?」

角部屋のため、部屋には、南側と西側に、それぞれ一つずつ窓がある。どちらにも、深海のように青いカーテンがかかっていた。

「い、いえ」ひとみがあたふたと答える。「どちらも鍵がかかっていたと思います」

「ということは」大出は、今度は視線を上に向けた。「このエアコンが動いていた？」

ひとみがうなずく。

「兄はこの時期は、部屋にいる間ずっと、エアコンをつけっぱなしにしていましたので」

今でこそ違うが、当時は、二階にはこの部屋しかエアコンがなかった。だから要がいない時、まゆはよく忍び込んで、冷風にあたりながら、自分の部屋から持ち込んだ漫画を読んだりしていた。

大出はエアコンから机に意識を移した。要の机は、正面に本棚のついた、いわゆる学習机だ。本棚にあるのは高校の参考書、植物図鑑、野草図鑑。芥川や太宰、川端に三島の短編集。そしてシェイクスピアの『夏の夜の夢』。

「発見された時、要さんは、この椅子に座っていたんですね」

大出は、背もたれをつかみ、椅子を手前に引く。要が使っていた椅子は、書斎にあったものと同じタイプで、座面が独立していて、くるくると回るものだった。

「え、ええ。背もたれに寄りかかるみたいにして」

「椅子の向きは」

「机のほうを向いていたと思います」

「遺書が挟まっていたという図鑑は、これですか」大出が、机の本棚にささっていた植物図鑑を指さす。

「はい」

「お父さんは、よく見つけましたね」

「端っこがはみ出していたとか」

「コーヒーカップがあったのは」

「え、えっと、このへんですね」ひとみは机の上の、左側を指で示した。その拍子に手を机のすみに打ちつけて、うっ、とうめく。そのどんくささに、まゆは顔をしかめずにいられない。

「ソーサーやスプーンもありましたか？」

「えっと、ありました」手をさすりながらひとみは言う。

「コーヒーは中身が残っていましたか」

「半分ほど残っていました」

「その中から毒物が検出された」

「は、はい。そううかがっています」

大出の質問攻めにひとみがひいひいしているのが、まゆにはわかった。顔も火照(ほて)っているし、ちょっと汗ばんでさえいる。父以外の男の人とこんなに話すこと自体、久しぶりなのだろう、と、まゆは思う。

「要さんは、毒物をこのあたりの山から調達したということですが」

ひとみはうなずく。「ハシリドコロ、とかなんとか」

「乾燥させて、粉末状にしたものを、コーヒーに入れて飲んだ」

「そううかがいました」

「粉末はもともと何に入っていたんですか」

「ラップに包んで、首を輪ゴムで縛っていたみたいです。てるてる坊主みたいにして」

「使用済みのラップと輪ゴムは、ここに捨てられていた？」大出は机の横に置かれた、アルミ製の円柱型のごみ箱を指さす。

「ええ。どうしてわかったんです？」

「なんとなくそうかと思っただけです」

大出はそれからしばらくの間、部屋の中を物色していたが、やがてそれも一段落し、うつむいて思考モードに入る。

「あの、そろそろよろしいですか」

ひとみがおずおずと、昼食の準備があるので、と切り出すと、大出は、はっと顔をあげて、「ああ。ありがとうございました」と頭を下げた。

まゆが見ていると、ひとみはせかせかとせわしなく、本人にしてみれば普段どおりなのだろうが、あたふたしているせいでことさらにおたおたして見える挙動で、どたどたと部屋をあとにした。

## 4-12

三人になった部屋の中、思案顔の大出に、小檜山が、「何かわかったか」と話を振った。

「わかったとも言えるが、わからないとも言える。真相が一本の木とすれば、幹の部分にはピントが合っているんだが、そのぶん、枝や葉のかたちはなおさらぼやけてしまっている。そんな感じだ」

そのあやふやな返事は、小檜山のお気に召さない。一つ、深々と息を吐き出したあとで、「おいおい」と呆れた顔で言う。

「レトリックめいたことを言ってる場合か。もっと危機感を持てよ。まったくもうまったくもう」と騒ぎながら部屋の中をぜんまいの駄目になったおもちゃの小さな車みたいに歩き回った。そんなふうに急かされたら逆に頭が働かなくなりそうだけどな、とまゆは思いながら、なんとなくポケットに手をつっこむ。

と、ひやりとした金属の手触りを指先に感じ、とたん朝の記憶が蘇った。

「あ。そういえばさ、これ、今日の朝、拾ったんだけど、二人のどっちか、これに心当たりない？」

まゆはポケットにあった懐中時計をとり出した。皆が揃った朝食の席で話題にしようと思っていたのに、いろいろとありすぎて、すっかり記憶から抜け落ちてしまっていた。小ぶりだから重みもさほどなくて、持っていても気にならなかったのだ。

まゆは時計の鎖を持って、二人に見せる。銀の円形が、振り子のように揺れている。

「あ、それ僕のだよ」小檜山は細い目を大きくすると、飛びつくようにして、時計をまゆからひったくる。「どこにあったんだ」

「お母さんの部屋の前に落ちてたんだよ」

「ということは、落としたのは昨日の夜中、トイレに行った時か。なんで気づかなかったんだろう。あ、よかったちゃんと動いてる」

小檜山は時計の表裏や文字盤までためつすがめつ眺めている。その仕草から、小檜山がそれをとても大事にしていることが窺えた。もしかしてすごい高級品だったりして、と思いながら、まゆは、

「昨日は雨や雷がうるさかったから、落とした音が聞こえなかったんじゃないかな」

と小檜山に言う。

「それに、時計が落ちてたのは廊下の端っこで、お母さんの部屋のドアに立てかかる

ようになってたから。そのせいで見逃したのかも」

「立てかかるように？」と言ったのは、二人のやりとりを今まで黙って聞いていた大出だった。

「うん。こんなふうに」まゆは、小檜山から時計を借りて、要の机の上、本棚のふちに、寄りかからせるようにして、発見時の様子を再現してみせた。

それを見た大出は、神妙な顔になり、「実際に、虹緒さんの部屋の扉でやってもらっていいですか」と、有無を言わさぬ口調で言う。

一同は一階へと移動する。

虹緒の部屋に着くと、まゆは、部屋のドアの前で、「こんな感じ」と実演してみせる。時計は廊下から見て、ドアの右のほう、蝶番（ちょうつがい）側に寄った箇所に置いてあったから、その辺りに置く。

それを見た小檜山は腕組みをすると、

「ああ、これじゃ気づかないか」

と、うなった。「夜じゃなおのこと、暗くて見えない」

「小檜山。おまえがトイレに行ったのはいつだったか」

大出が訊ねた。

「ひとみさんと会った時だから、十二時くらいだろ」

「昨夜、それ以降、一階におりたか？」

「きみと今朝おりるまでは、一度もおりてないね」

「ここに来てから、その懐中時計を誰かに見せたりしたか？」

小檜山は首を横に振った。「いいや。大事なものはおいそれと人に見せびらかしたりしないものなのさ」

「大事なわりに落としてるじゃん」

まゆが指摘すると、

「落とすということは、つまり肌身離さず持ち歩いてるってことだろ。棚や金庫にしまっておくよりもずっと大事にしてると思わないか。実用品や装飾品をショーケースに入れてありがたがるのには、僕は否定的なスタンスでね」

と、やけに早口で反論が返ってきた。

「ものは言いようだなあ」

「まゆさんにお願いがあるのですが」大出が言う。「部屋に入って、扉の下の隙間から、廊下側がどのくらい見えるか確認してもらってもいいでしょうか」

女性の寝室に自分が入るのは問題がありそうだから、とのことだ。大出さんったら紳士だなあ、と思いつつ、まゆは承諾し、ドアを開けて、室内に入る。ドアを閉める。床で四つん這いになる。床に片頬をつける。扉の隙間を覗き込む。角度を変えてためつすがめつする。それから身を起こす。ドアを開けて、部屋を出る。廊下で待っていた二人に結果を報告する。「なんも見えない」

下の隙間から、廊下は、ちっとも見えなかった。影などで人が立っているかもわからない。ドアの前に、懐中時計も立てかけておいたというが、室内からではまったくわからなかった。

「足音などはどうでしたか？」

「足音？」

二人で廊下の前を歩いていたというが、部屋の中からは察知できなかった。床がきしんだりするならまだしも、虹緒の部屋の前の廊下は、まゆの部屋のようにはなっていない。

まゆからその旨を聞いた大出は、静かにうなずいてから言った。「皆さんを書斎に集めてください」

その顔には充足感がにじんでいる。

## 5-1

書斎は先ほど、まゆたちが検分した時のままだった。征一が床に敷かれた毛布に横たわっているのも同じだ。

「本当に解けたの？」

虹緒が、信じられない、という様子で言った。

「それを今から皆さんと一緒にたしかめたいと思います」大出は柔らかい口調で言った。「自分一人では、いかんせん客観的な視点に欠けますからね」

ひとみが自分のほうを見ていることにまゆは気づいた。捜査にくっついていた自分なら、何か知ってると考えたに違いないとまゆは思う。だが、まゆも大出から詳細は教えられていないため、アイコンタクトを返すことはできない。

それは小檜山も同じなようで、ちょっと緊張した面持ちだ。この二人はどういう関係なんだろう、と今さらながらまゆは気になった。

「だからもし、私が話している途中、何か疑問に感じたり、違和感を覚えた部分があったなら、遠慮せず、どんどん口を挟んでください。私たちは言わば吹き荒れる嵐の中、同じ船に乗り合わせた船員。皆でこの嵐を抜けてこそ、価値がある」

誰からも異論が出ないのをたしかめてから、大出は、「ではははじめましょう」と言った。

「まずあらためて問わせてください。いったい、征一さんの死因はなんなのか」

大出の横で小檜山が、おいおい何を言ってるんだと言わんばかりの顔をしたのがまゆの目に入った、と思ったら、「おいおい何を言っているんだ」と言った。考えていることが顔に出るタイプ、というかこれは俗に言う、顔に書いてあるというやつだ、とまゆは思う。

もっとも、まゆの表情だって、小檜山と大差なかった。どころか、ひとみも虹緒もそうだった。

この人はいったい何を言っているんだ？　そんな疑問を、大出以外の四人が共有していた。

「死因が何か、って。そりゃあ、毒の入ったコーヒーを飲んだからだろ」

小檜山の言葉に、箕輪家の三人が揃ってうなずく。が、大出は無反応だ。

「え？　違うの？」まゆが言う。

「違います」大出はゆっくりとかぶりを振る。「何故なら、征一さんは昨夜、コーヒーを飲んでいないから」

まるで大きな音がそっちから鳴ったみたいに、皆の視線が、床に横たわる征一に注がれた。

「こ、コーヒーを、の、のの、飲んでいない？」砂利道に言葉を転がしているように、だよ」

小檜山はつっかえつっかえ言う。「だ、だけど、ど、どうしてそんなことがわかるんだよ」

「征一さんの口からは、コーヒーのにおいがしなかったからだよ」

ええ？ と驚きつつも、まゆの頭はそれが正しいことを直感的に悟っている。今朝征一を、起こそうとした時、まゆの嗅覚が感じとったのは、シャンプーやウィスキーのにおいだけだった。書斎を調べている時、大出が、自分の顔を征一に近づけていたのをまゆは思い出し、あれはコーヒーのにおいをたしかめていたのだと、腑に落ちる。

「調査の時、我々はカップの底で、白い粉末が溶け残っているのを発見しました。その正体はわかりませんが、征一さんはブラック派ということですし、少なくとも、中に入っているのは砂糖ではないでしょう。

また、書斎のごみ箱からは、十二年前と同じく、薬包が見つかっています」

そこで大出はズボンのポケットから何かをとり出す。広げた掌には、先ほどまゆも見た、二つに割れたカプセルが乗っていた。

大出はそこで言葉をいったん止めて周囲の反応を窺う。まるで言葉の一つ一つが、各々にちゃんと染み込んでいくのを待っているかのように。焦れったくなりそうなほどの間のあと、誰からも意見が出ないとわかると、大出は一度、大きくうなずいてから、開いていた掌をむすんで、中身をポケットにしまい、話を再開した。

「このことからも、コーヒーに何かが溶かされていたことに疑いの余地はない。しかし、当の征一さんに、コーヒーを飲んだ形跡がない」

「じゃあ、征一さんは別のタイミングで毒物を摂取したのか？　それだと話は複雑になってくるぞ」

という小檜山の提案を、

「その可能性はたしかにある」

大出はそう受けてから、

「だが、俺は別のことを考えている」

と話を展開する。

「別のこと？」

「ね、大出さん、じらさずに早く教えてよ」まゆは急かす。「お父さんはどうして」

大出は神妙な顔でうなずいてから、

「昨日の夜」

と言う。

「昨日の夜、お酒をごちそうになりながら、征一さんからお話をうかがいました。そこで感じたのは、彼にとって要さんは、亡くなって十二年が経った今でも、かけがえのない存在であるということです」

大出の言葉を、誰も否定しない。家族にとって、それは今さら言うまでもないことだったからだ。

「征一さんから聞いた話の中で、とくに印象深かったのは、要さんと二人で、庭に樫を植えた話です。身振り手振りをまじえながら、とても嬉しそうに話してくれました」

「あの人にとって、一番いい思い出だったんでしょうね」虹緒が、頬をくぼませる、例の表情で言った。「酔うといつもその話をしていたから」

「さて、その樫です」大出は言う。「征一さんと要さんの思い出の樫。その樫は、この窓からよく見える位置に植わっている」

大出は体をひねり、机の背後の窓を指さす。

一同の目線が、雨で濡れた窓に集まる。

「そして要さんが亡くなったのは、十二年前の今日の未明。とすれば昨夜、書斎にいた征一さんが、彼の亡くなった時間帯、窓から、樫の木を見ていた、とするのは、さほど無理のある推測ではないように思いませんか?」

大出の丁寧な話運びもあってか、椅子を窓のほうに向け、庭の樫に視線を送る父の姿を、まゆははっきりとイメージすることができた。窓ガラスと、雨粒と、夜の闇に隔てられ、シルエットでしか見えない樫に、それでもなお、あの嘲笑(ちょうしょう)や冷やかしを許さない、敬虔(けいけん)な宗教家めいた、投光器のようにまっすぐな視線を送る、父の姿を。

　ごくり、とひとみが唾を飲み込む音が、まゆに聞こえた。

「あの樫は、征一さんにとって特別なものだった。ともすれば征一さんは、あの木に、今は亡き我が子の姿を重ねていたのではないでしょうか。まゆさんが言っていた、征一さんの話に出てくるワードはおそらくキュパリッソスです。オウィディウスの『変身物語』。苦悩の果てに木に姿を変えた青年。それに息子さんを重ねていたのでしょう。言わば彼にとって、あの樫は思い出深いものというだけでなく、ある意味で、亡くなった息子さんそのものだった」

「はいはーい」そこでまゆは手を挙げた。「異議あり異議あり。窓の外を見ていたからって、樫を見ていたとは限らないんじゃないの？」

「どうしてです？」

「ど、どうしてって。だってさ。昨日、あの木は雷で」

　と、そこまで口にしたところでまゆの言葉は、まるで言語野をつかさどる機能のブレーカーが落ちたみたいに、ぶつんと切れた。

　そんなまゆを見て、大出は一瞬、口元を強張（こわば）らせるが、しかし、まゆの復旧を待ちはせず、

「昨夜」

　と、話を再開する。

「昨夜、征一さんは樫の木を見ていた。それもただの木ではなく、亡くなった要さんに転化した木です。

　言い換えましょう。

　征一さんは窓の外にいる我が子を見ていた。

　そして、征一さんは何種類か薬を服用していた。その中には、心臓のものもありましたよね」

「おっしゃるとおりです」

　虹緒が息苦しそうに言う。「じゃあ、まさか」

「他人には計り知れぬ心持ちで、征一さんは、樫の木に視線を注いでいた。そこに雷が落ち、閃光(せんこう)と轟音(ごうおん)とともに、砕け散るのを目のあたりにした時、征一さんを襲った衝撃は、はたしてどれほどのものだったでしょうか？」

　ひとみは何も言わず、立ちすくんでいる。ただ固唾を呑(の)むようにして、おそらくはすでに自分の中で出ている結論を大出が言うのを、まるで自分にも見えている詰み筋を、相手がなぞっていくのを見ている敗勢の棋士さながらの態度で、待っている。

「征一さんの心臓は、我が子を再び失うことに耐えられなかった」

　大出は静かに言った。

「医者に診てもらうまで断言はできませんが、おそらくそれで間違いないと思います。

補足ですが、発見時、カーテンが閉まってたのは、おそらく死に至るまでの間に、手がかかるなりして、征一さんが自力で閉めたのだと思われます。椅子が机のほうを向いていたのは、座った時の反動で、座面がまわったのでしょうね」

## 5－2

「あのあと」

緑の木々に囲まれた丸い空間で、女が言う。カップの中に入っているコーヒーは、すでに三杯目だ。

どこかから飛んできた蝶が、レーダーチャートのように上下にぶれた軌道で、まるい空間の中を飛びまわっている。

「あのあと、道が復旧してから、冠水した道の向こうのお医者さんを呼んで診てもらったけど、大出さんの言うとおりだったよね。お父さんの死因は心臓発作。体の中から、毒物は検出されなかった」

男がうなずく。

「正解だったからよかったけどさ、今思うと、けっこう綱渡りの推理だよね」女が馬鹿にしたように笑う。「だってさ、コーヒーを飲んでないからって、毒を盛られてないとは限らないじゃない」

「そこを指摘されると弱いですね」男は椅子の上で身を小さくする。「まあ、結果的に、言ったとおりだったわけですから、よかったじゃないですか」

「まあ私はおおらかだからね。そのくらいは見逃してあげる。だって、本格的な推理パートはこっからだもんね」

「ええ」

「たしかここから、『じゃあ便箋やコーヒーを準備したのは誰なんだ』って話になるんだよね」

「ええ」

「んーと。誰だったんだっけ?」

「覚えていないはずがないとは思いますが」

「えへへ」

「まあ、万が一、すっかり記憶から抜け落ちてしまっても、これまでの話の中で、手がかりはすべて提示されていますからね」

「よく考えれば、ここから大出さんが誰を指摘するか、言い当てられるってこと?」

「そういうことです」

飛びまわっていた蝶がデッキチェアの上、魔法瓶のふたの上に、羽を休めるように止まる。黒で縁どられた黄緑色の鮮やかな模様を二人に見せびらかしているかのように、なかなか飛ぶ気配がない。

## 5-3

書斎の中は水を打ったように静まりかえっていた。まゆの耳に入ってくるのは、せいぜいエアコンが冷えた空気を吐き出す音だけだ。昨日まで空白を埋めていた雨音も、今はもう聞こえない。

「だけどさ」

永遠に続きそうな静寂を打ち破ったのは小檜山だった。

「征一さんが自殺じゃないなら、このコーヒーやら遺書は、誰が並べたんだ?」

放心していたまゆは、はっとした。たしかにそうだ、と。

小檜山の疑問を受けて、大出は口元にかすかな笑みを浮かべた。「それをこれから説明するんだ」

「ならいいけど。あまり焦らさないでくれよな」

「わかってるって」

大出はうるさそうに手をひらひらと振ってから、話を再開する。

「誰が書斎の状況を作ったのか。論点をそこに向けるにあたって、まずは征一さんが亡くなった時の状況を整理してみよう。

征一さんは椅子に座って亡くなっていた。机にはコーヒーカップ。中身は半分ほど入っていて、底には粉末が溶け残っていた。机上に置かれた本の間には、白い便箋が入った青い封筒。

これはどう考えても、要さんが亡くなった時の状況を踏襲している」

一同は揃ってうなずいた。書斎を一目見た時から、十二年前を模しているのは明らかだった。

「何故そんなことをしたのか、とか、何故便箋には何も書かれていなかったのか、といった諸々の何故は、いったんあとまわしにして、ここでは、誰にそれができたかに論点を絞って考えていきましょう。

まず、絶対にはずせない条件は二つ。

①十二年前のことを知っている。

②昨夜、屋敷内にいた。

両方に該当するのは、まず箕輪家の三名。

それに昨日、まゆさんから話を聞いている我々二人も該当します。

当時も駆けつけたという医者、あるいは警察、それと箕輪家の親戚のかたがたは、①にはあてはまりますが、いずれも冠水した道の向こう側にいたため、②で弾(はじ)かれます」

「川のこっち側にいる人だったらどうかしら?」虹緒が意見した。「家の誰かから当時の話を聞いていれば、再現だってできるでしょう。嵐の中、ここに来た理由はわからないけど、たとえばあの人が呼んで、こっそり招じ入れたのかも」

「駄目です」

「どうして」

「この屋敷から敷地外に出るには、正面の門をとおる必要がある。しかしその門は、昨日の夕方、まゆさんが我々と一緒に来た時に閉めて以降、開けた形跡がなかった」

そう言って大出は、把手の角度について説明した。「誰かが開けたら、まゆさんが閉めた時と角度は異なっているはずです。私は何度も確認しましたが、最後までしっかり閉めない限り、毎回異なる角度になりました。偶然同じ角度になったと考えるのは、いささか現実的ではないかと。

また、家を囲む柵にはセンサーがついているとのことでした。昨夜、小檜山は寝つけず、夜もすがら豆電球の灯りを見ていたと言っています。つまり停電はなく、システムはちゃんと稼働していた。

よって、川のこちら側にいる何者かが、この屋敷を訪れた説も否定されます」

「つづけてちょうだい」

虹緒は言って、大出はうなずく。

「要するに、①②の条件を満たすのは、今書斎にいる我々だけです。では続いて、この中の誰に可能だったかの検討に移りましょう」

皆の視線が素早く行き来する。

「それを考える際に、起点となるのは、このコーヒーカップです」

そう言って、大出は机の上、半分ほど中身が残ったコーヒーカップを指さした。

このコーヒーを淹れたのは誰なのか。

「遺書は？」小檜山がその横の封筒を指さす。「遺書は気にしなくていいのか？」

「もちろん遺書も重要だ、が、状況的に、この二つを準備したのは同一人物と見ていい。それなら片方だけに注目したほうがわかりやすい」

「そんなものかい」小檜山は肩をすくめた。

大出は、「さて」と言って、ぱん、と柏手を打つ。

「消去法でいきましょう。

まずは我々を除外させてください。話し手に疑いがかかったままでは、話を聞いていてもいまいち信用しきれないでしょうからね。

昨日、まゆさんが私たちにコーヒーを淹れてくれた時、木箱の中のフィルターは、残り少なくなっていたと聞きました」

まゆはうなずく。

「具体的には、何枚でしたか」

「私がとったのが最後の一枚だったよ」

「その時、まゆさんは補充しなかったとのことです。なのに、今朝、まゆさんが見た時、空だった箱は、いっぱいになっていた。

木箱に入っているフィルターの枚数を数えてみたところ、四十九枚ありました。そして替えのフィルターは一袋五十枚入り。一枚は使われて三角コーナーの中。今朝はコーヒーを淹れていないため、平仄は合いますね。

また、木箱は、フィルターよりもサイズが少し小さく、入れるとフィルターのふちがつぶれて折り目がつく。しかし三角コーナーにあったフィルターには折り目がついていませんでした。

ということは、使用されたフィルターは木箱から出したものではない。ならば詰め替え用の袋から出したものを、直接使ったということ。

誰かが事前に箱に詰め替えておいたという線がこれで消えるため、昨晩コーヒーを淹れた人物と、フィルターを箱に詰め替えた人物とが、イコールで結ばれます。

とすれば、フィルターを補充できない我々は、当然、コーヒーを淹れた人物でもない」

「え？　なんで？」

　聞いている途中で、急に話が飛んだ気がして、まゆは思わず声を上げた。「予備のフィルターは、戸棚の手前のほうに入ってたんだし、すぐ見つけられるんじゃないの？」

　虹緒もひとみも、たしかに、という反応。

「たしかにそうです」大出さえも同意した。「しかし、見つけられても、どこに補充していいのかがわからない」

「どこにって。そりゃあ、あの木の箱でしょ」

「あの木箱はもともとキャンディが入っていたものです。外側にも、絵や文字やシールといった、中身を示す目印は何もなかった。

　中にフィルターが一枚でもあれば、そこにしまうとわかるでしょう。しかしまゆさんが最後の一枚を使って以降、箱の中は空っぽで希望一つ入っていなかった。ドリッパーやポットやコーヒー豆の缶と一まとめになっていたならともかく、置き場所はそれぞればらばらなので、推測は困難。

　ということで、我々には、フィルター四十九枚をあの箱にしまうことはできません。コーヒーを淹れた人物とフィルターを箱にしまった人物はイコールなので、昨晩、コーヒーを淹れたのは、私たちではありません」

全員、ぐうの音も出ない。

「次にひとみさんです。ひとみさんは〇時ごろ、一階におりたと言っていましたね」

「ええ」自分にお鉢が回ってきて、ひとみはおびえたように身を震わせた。「麦茶を飲みに」

「その時に小檜山とも会った」

「え、ええ」

『え、ええ』だってさ、とまゆは内心で舌打ちする。もっと堂々としてればいいのに、そんな態度じゃ、もし犯人じゃなくても疑われちゃうよ、と。それとも本当に犯人だったり？

「その時、ひとみさんが書斎に行き、箕輪さんが亡くなっているのを発見したとして、コーヒーを淹れる時間がありません。

箕輪家では、夜の間は、魔法瓶にお湯を残しておかないため、コーヒーを淹れるには、ガスか電子レンジか、手段はなんであれ、お湯を沸かす必要があるとのことでした。コーヒー一杯ぶんきっかりの、ごく少ない量の水を沸かしたとしても、時間的に厳しい。しかもキッチンで、小檜山と立ち話もしている」

まゆはうなずいた。廊下で会ってから、ひとみが戻ってくるまでは五分くらいだった。書斎で征一を発見↓死亡を確認↓キッチンへ向かう↓コーヒーを淹れ↓コーヒー難だ。

を書斎に運ぶ。合間には小檜山との会話まで。この一連の流れを五分でこなすのは困難だ。

「また、まゆさんの部屋の前の廊下はきしんで誰がとおったかわかるため、いったん戻り、その後、こっそり引き返したというのも不可能。

そしてまゆさんが一時半ごろに、キッチンに行った時、コーヒーを淹れた形跡を目にするまで、ひとみさんはまゆさんと二人でマリオカートをやっていた。彼女にコーヒーを淹れることは不可能だ」

そして、と、大出は視線を姉から妹に移す。「同時間帯、ひとみさんと一緒にいたまゆさんも、同様に選択肢からはずれます。一時半ごろ、まゆさんが下に行ったのは三分程度。やはり時間が足りない」

「ひとみさんが自室に戻ってから、ゲームを持ってまゆさんの部屋を訪れるまでに、十五分くらいあっただろう。そこならどうだ」

小檜山の意見に、大出は首を横に振る。

「駄目だ。その時間帯、おまえが部屋で流していた曲のタイトルを、まゆさんは順番に言いあてた。隣の部屋にいなければ、そんなことはできない」

「あ、そうか」

自分が容疑者の枠の外に置かれても、まゆは胸をなでおろせなかった。

ないから。

というのも、これまでの大出の推理が正しいのだとしたら、残りはもう一人しかいないから。

「残ったのは、私だけね」

虹緒が、どこか達観したような声で言った。「私は、昨日の夜は、ずっと一人だったもの」

「ええ」大出はうなずいてから、「しかし」と続けた。

「虹緒さんも、コーヒーを淹れた人物ではありません」

「ええ？　どうしてだい？」小檜山が、蜜をとろうとしたら蜂の反撃に遭った鳥みたいな顔をする。

「懐中時計だよ」

「懐中時計？」

「そう。おまえが持ってた懐中時計だ。よければ皆に見せてやってくれないか」

そうたやすく人に見せびらかすのは僕のポリシーに反するんだけどな、小檜山はぶつぶつとごねつつも、ポケットからそれをとり出した。

空に浮かぶ月のような、銀色の懐中時計。

「小檜山は昨日の夜、廊下にこの時計を落としてしまったんです」大出が言う。「それを今朝、まゆさんが拾ってくれた。そうでしたよね」

「うん、今日の朝、起きた時に見つけたんだよ」

「どこで拾ったか、話していただいてもいいですか」

大出さんに促されて、まゆは、虹緒の部屋の前で拾ったのだと説明した。「ドアに寄りかかるみたいにして落ちてたの」

「それが、どうかしたのですか？」

ひとみが首をかしげた。

「小檜山は昨夜、一度しか一階に行っていない。つまりこの懐中時計を落としたのは、夜中の〇時ごろ。ひとみさんと会う前です。その頃、虹緒さんは、もう部屋にいましたよね」

「ええ。睡眠薬を飲んで、眠っていたと思うわ」

「そして朝まで一度も部屋を出なかった」

「信じてもらえるかはわからないけど」

「信じますよ」大出は言った。「何故なら、もし小檜山が時計を落として以降、ドアが開けば、懐中時計はドアに寄りかかった状態にはなりませんからね」

「そんなのどうにかできるだろ」

異議あり、と、小檜山が反論する。「たとえばドアの隙間に紙を敷いて、その上に懐中時計を置く。ドアを閉めるのに合わせて、紙も一緒にスライドさせて、閉め終わったところで、最後に紙だけ引き抜く、とか」

小檜山は身振りをまじえて説明する。たしかにそれならできそうな気がする、とまゆは思った。さっきの実験でも外こそ見えなかったが、薄い紙一枚くらいなら、押し込めば入りそうだった。

「あ、そうだ、こうも考えられるぞ」話している途中でひらめいたようで、小檜山は、ぽんと手を打った。「僕が時計を落とした時点で、虹緒さんはもう、部屋の中にいなかったんだ」

「ええ?」突飛な意見にまゆは動揺する。「じゃあ、お母さんはどこにいたの?」

「そりゃあ書斎だよ」小檜山はしたり顔で言う。「その時にはもう征一さんは亡くなっていたんだ。虹緒さんがコーヒーを淹れるべくキッチンに行ったのは、ひとみさんと僕が二階に戻ったあとだろうね。落ちている時計に気づいたタイミングはわからないけど、いずれにしても、自分が部屋を出たあとで誰かが落としたものだとはわかる。それで、これは利用できると考えて、部屋の中から偽装工作をおこなったのさ。もしかしたら時計は、最初はドアに寄りかかってなかったのかもしれないな」

「小檜山さんは、どうしても私のせいにしたいみたいね」小檜山の流暢な口ぶりに、辟易したように虹緒は言う。

「や、そんなつもりはないのですが」

「たしかにそうかもしれない」

「おい」

「ん？　いや違う違う。俺が言ったのはおまえが今言った仮説に対してだ。たしかにドアに懐中時計がもたれていたというだけでは、虹緒さんが夜間、部屋の外に出なかった証拠にはならない」

「だろう」小檜山は鼻を膨らませたが、

「だが駄目だ」と大出に否定されて、すぐに真顔に戻った。

「何故だ」

「次の日、虹緒さんは早起きしているからさ」

「は、早起きぃ？」

「もしもおまえの仮説どおり、虹緒さんがドアの前になんらかの方法で懐中時計を立てかけたなら、部屋の外にいる誰かに、先に気づいてもらわなくてはならない。ドアを開ければ、支えがはずれて時計が倒れるからな」

小檜山は腕組みをする。「まあ、『ドアを開けたら時計が部屋の中に転がってきた→ドアに寄りかかってないとそうはならない→だから開けた時には寄りかかっていた』と口頭で説明しても、説得力に欠けるだろうしな。誰かに直接見てもらうほうがベターなのは間違いない」

「だろ。なら虹緒さんは、確実に誰かが気づく時間まで、部屋の中で待っているはずだ」

「だけど、実際、ドアが開く前に、まゆさんが気づいて拾ったじゃないか」

「あのドアは隙間がなく、下から見ても誰が来たかわからない。床もきしまないし、室内からでは、拾ったかどうかの判断はできない」

「喉の渇きやトイレがどうしても我慢できなくて、仕方なく外に出たんじゃないか。部屋に戻ったあとで、先ほど僕が言ったような方法でまた時計を元の位置に戻そうとしたのかも」

「駄目だ。

それなら虹緒さんはドアを、人目を避けるためゆっくりと慎重に開けるはずだからな。

だが、まゆさんの話では、虹緒さんは、部屋の前にいたまゆさんの髪が室内に引っ張られるほどの勢いでドアを開けている」

「たしかにそうだった」まゆが同意する。

「要するに、虹緒さんの今朝の行動は、ドアの前に懐中時計があると知っていた人物がとるには、不自然極まりないものなんだ。つまり、そうした行動をとった以上、虹緒さんは懐中時計があると知らなかった、ということになる。

というわけで、虹緒さんはおまえが懐中時計を落として以降、部屋の外には出ておらず、当然、夜中にコーヒーを淹れられるはずもない」

「う、うう」口ごもる小檜山を見て、

「どうやら、私の疑いは晴れたみたいね」

虹緒は、ほっとしたように息を一つついた。

「でも、ということは」まゆの声は、静かな書斎の中、木琴の音色のようによく響いた。「コーヒーを淹れたのは」

大出でも小檜山でも、姉妹でも虹緒でもないのなら。

「そう。残ったのは一人」

大出はそう言って、ゆっくりとそちらを見る。一同の視線も、それにつられて、同じほうを向く。

「コーヒーを淹れたのは、征一さんです」

征一さんが、十二年前の再現をしようとした理由はわかりません。息子と同じ状況に自分を置いて、その心情を汲もうとしたのかもしれないし、毎年、この日は同じことをしていたのかもしれない。

それなりに信憑性のある仮説、突拍子もない珍説、いろいろと思いつきますが、本人に聞くことが叶わない以上、正解を知るすべはない。

ただ、いずれにしても、他の誰にもできない以上、現場を再現したのは、征一さん以外にはありえません。

また、これも調べるまではわかりませんが、コーヒーから、毒物は検出されないと思います。再現だけなら、本物の毒を用いる必要はありませんからね。

書斎のごみ箱と床に落ちていたカプセルは、征一さんが服用していた薬と同じものでした。おそらくはそれを流用したのでしょう」

## 5-4

「と、ここまでが、去年、家族みんなの前で、大出さんが話してくれたことだったよね」

女の視線の先、魔法瓶のふたにとまっていた蝶がふわり、と、まるで風に身を預けるように舞いあがる。女はその動きをしばらく目で追うが、いつの間にか見失ってしまう。

「コーヒーに入っていた粉末は、なんだったんですか？」

男に質問され、女は我に返る。

「大出さんの推理どおりだったよ。お父さんが服用してたカプセル錠の中身」

「そうでしたか」

「結局のところ」女はため息まじりで、カップを傾けて揺らし、中に渦を作る。「調べればすぐにわかることを、私たちが自殺だ、他殺だって騒ぎ立てていただけだったんだよね。当事者たちにとっては大事でも、外から眺めてみれば、なんてことはない。いわばコーヒーカップの中の嵐」

テーブルの近くにはクズの蔓がしなやかに伸びている。葉や茎には、黄緑色の産毛が生えていた。風で流れるように自分の体にもたれかかってくるそれを、手で払いのけてから、

「だけどさ」と女は言う。「今の推理に間違っているところなんてあった？　あらためて聞いてみても、他の解釈なんて思いつかない気がするけどなあ」

男はすぐには答えず、黙っている。

「そういえば、私たちに話してくれたあとも、大出さん、どこか煮え切らない顔をしてたよね。もしかして、気になっているってのは、その部分だったりするのかな？」

男がうなずく。「ええ」

## 5-5

大出の推理が終わっても、しばらくの間、誰も口を利こうとしなかった。エアコンの、低いうなり声に似た稼働音だけが、小檜山の耳に届いていた。横たわる征一が傷

まないようにと最低温度に設定された室内の空気を、今さらになって肌寒く感じる。借りたトレーナーの上から腕をこすって、これを着ていた人がもう生きていないことに気づき、はっとした。

やがて虹緒が「そういうことだったのね」とこぼした。

「お母さん、大丈夫？」

ひとみが気遣うようにそちらに近づいた。まゆは二人から少し離れた場所で、所在なさげに立っている。

ひとみに寄り添われて、虹緒は力なくうなずいた。「あの人が亡くなったことには変わりはないけれど、それでも自殺じゃないとわかっただけでも、いくらか救われた気分よ」

そのやりとりを見ている小檜山の頭に、人はどう生きたかではなくどう死んだか、という言いまわしが浮かぶ。もう帰ってこないことに変わりはなくても、やはり自分で命を絶ったのと、天災（というのだろうか）に巻き込まれたのとでは、残された人にとっては心の持ちようが違うのだろう。もし長い間、連れ添っていた人物が、自殺したと聞けば、自分といた日々そのものを否定されたような気分になってしまう。

「あの人が最後に見ていたのが、要と植えた樫の木だっていうのは、ちょっと悔しいけれど」虹緒は頬をくぼませて言った。「結局、最後まで、あの人にとっては要が一番だったのね」

「そんなことない」ひとみが横で、勢いよく首を振った。「お母さんと一緒で、お父さんも幸せだったはず」

「そうかしら」

「そうだよ、そうに決まってる」

小檜山はふと、もしも自分が死んだら大出は何を思うだろう、と思った。なんだかんだ長いつき合いではあるし、多少は心を乱すのだろうか。もしそうなった時には、自分のことなんてさっさと忘れて、新しいパートナーを見つけてほしいと思う気持ちと、いつまでも覚えていてほしいという気持ちの、相反する二つがあることに気づき、自分のセンチメンタルさに苦笑する。写真入りのペンダントを持ち歩けとまでは思わないが、それでも、たとえば形見みたいに、自分のことを思い出せるような何かを、持っていてくれたらいい、と思う。

「いったん休憩にしましょうか」

話し疲れたのか、大出は硬い表情で、そう提案した。それからまゆのほうを見て、

「まゆさん、申し訳ないのですが、コーヒーをお願いできますか」

と言った。

「え、私？」

突然の指名に不意をつかれたように、まゆがびくんと身を震わせた。

「昨日、まゆさんが淹れてくれたコーヒーがあまりにおいしかったものですから。ぜひまたいただきたいなと」

まゆはちらっと、姉と母親のほうを見てから、「わかった」とうなずいて、書斎を出て行った。

しばらくの間、大出は、まゆが閉めたドアを見ていたが、そこから「さて」と言って、残された一同を見渡した。

「お話の続きといきましょうか」

ひとみが、「え」と言って、驚いた顔で大出を見た。隣の虹緒もうつむいていた顔をあげる。

「どういうことだよ」

なんだか、さっきから合いの手を入れてばかりだな、と思いながら、小檜山は言った。もともと頭脳労働は大出のフィールドだから、こういう展開では致しかたないことではあるのだが、いかんせん間抜けな太鼓持ち感というか、餅つきで、臼の横にかがんで、餅に水をつけている奴みたいな感が拭えない、もちろんあれも立派な仕事ではあるのだが。「征一さんのことは、さっきの話で、解決したんじゃなかったのか」

「ああ。そのとおりだ」

「だったら、何を話すつもりだ」そこまで言ったところで、小檜山は、はっと思いつき、思わず大出に縮地法で近づいて、耳元に口を寄せた。「まさかきみ、このタイミングで、医者や警察を呼ぶ前においとまさせてくださいって頼むつもりか？　タイミングをわきまえろよ。まだみんな、飲み込んだものを消化するのに精一杯なんだから」

「そんなことはしないよ」小檜山を手で払いのけてから、大出は、「お話があるのは」と母娘に言う。

「征一さんのことではなく、要さんのことです」

箕輪要。

大出がその名を口にした途端、部屋の中の空気の流れが、変わった気がした。会ったこともない彼が、目に見えない精霊か何かになって、書斎に姿を現したのではないかと、思わずきょろきょろと、室内を見渡してしまう。

十二年経った今も、屋敷の中に、その気配が残っているのだろうか。小檜山が何かの気配を感じたのは、実は、これがはじめてではない。昨日、まゆに当時の話を聞いた時から、否、話を聞く前から、たびたび、目に見えない何かの気配を感じていたような気さえする。

「十二年前の今日、箕輪要さんは自ら命を絶った。その時の状況について私たちは、まゆさんやひとみさんから、以下のように聞かされています。

要さんは二階の自室の、椅子に座った状態で亡くなっていた。机の本棚にあった植物図鑑の間に、封筒が挟まっていた。その中には『遺書』という文字と、要さんの署名だけが書かれた便箋が一枚入っていた。

机の上には、コーヒーが半分ほど残ったコーヒーカップ。ソーサーにはスプーンが添えられていた。

コーヒーと、要さんの体内からは、毒物が検出された。

毒物はこの近くの山から採取した有毒植物を、要さんが自分で採取し、乾かしてすりつぶし、粉末状にしたものだった。

ごみ箱からは、粉末を包んでいたラップが見つかった。ここまでで何か事実と異なる箇所はありますか」

「いえ、ありません」

ひとみが言う。虹緒も沈黙で同意を示した。

「何か気になるのか」

小檜山が促すと、

「俺はさっき、今回のことが、十二年前を踏襲していると言った」大出は言う。「だが実際は、ぜんぶがぜんぶ、そっくり同じというわけじゃない」

小檜山は少し間をおいてから、「そりゃそうだろう」と応じた。そりゃそうだろう。

「なら具体的には、どこが違うだろう」

「そうだなあ。まずは現場が違う。十二年前は二階の要さんの部屋で、今回はここの書斎だ」「うん」

「それと、コーヒーを飲んだカップだって当時のものとは違うだろうな。豆も違うだろうし」「他には」

「便箋が白紙だったことでしょうか」ひとみが気弱げに言った。「兄の時は、五文字だけとはいえ、文字が書かれていましたから」

「たしかにそれは際立った差異ですが、私はさほど重要視していません」大出は言った。「ともすれば書くつもりでいたけど、それより前に雷が樫に落ちたのかもしれない」

「そ、そうですか」ひとみは、しゅんとした様子で引き下がった。この人はいつもおどおどしているなと小檜山は思った。

「わからないな、きみはいったい何が気になっているんだ」

「薬の形だよ」大出は言った。

「形？」小檜山が繰り返した。

「十二年前、要さんが飲んだ薬は粉末状だった、そうですよね」

大出に訊かれ、虹緒とひとみは、顔を見合わせてから、示し合わせたかのように同じタイミングでうなずいた。

「これは先ほどお話しした、書斎のごみ箱に捨てられていたものです」

そう言って大出はポケットから割れたカプセルを出す。片割れのうち、一つは白く、もう一つは緑色だ。

「ごみ箱の中に薬包のたぐいは他に見つかりませんでした。ということは昨夜、征一さんは、このカプセルの中身をコーヒーに溶かした可能性が高い」

「それがどうしたっていうんだ」小檜山が言う。「きみの仮説では、征一さんは、ふだん自分が飲んでいる薬を流用したんだろ。それなら、ゆうべ飲む薬が、たまたまカプセル錠だったってだけの話だ」

「だが昨日は二種類の日。征一さんが飲む予定の薬のうち、片方はたしかにカプセル錠だが、もう片方は粉薬だった。当時を再現するのであれば、どちらを選ぶかは明らかだろう」

「そう言われりゃそうだけど。でもいろいろ理由はあるだろう。粉薬のほうは、コーヒーに溶かすと飲めたもんじゃなかったのかも。それに、薬包が見つかってるからって、それを溶かしたとは限らない。別の何かを溶かしたかもしれないぞ」

まくし立てる小檜山を、「たしかにそうだ」と大出は受ける。

「だが、問題は、このコーヒーに、実際に何が溶けているかではないんだ」

「はあ？」

と眉根を寄せる小檜山から、大出は、視線を、ソファで肩を寄せる母と娘に、ゆっくりと、ちょうど扇風機の首振り機能のように、ある種のじれったささえ感じさせる緩慢さで向けた。

「問題は、何故先ほど、カプセルを見せた時に、虹緒さんもひとみさんも、それを指摘しなかったか、だ」

大出よりも速い首の動きで、小檜山は二人を見る。

言われてみれば、小檜山にも不自然に感じた。ましてや大出は、それを見せる直前に、気になった部分があったら遠慮せず言ってほしいと念押しまでしていたのだ。

「だけど、十二年前と薬の形状が違ったからって、なんだっていうんだ？」

大出がこの先、どう話を展開するつもりでいるか、わからず戸惑う小檜山に、

「おまえがつまずいているのは、前提を間違えているからだ」

大出は神妙な顔で言った。

「言っただろ、誤った前提は誤った結論を導く、って。

つまり、十二年前、要さんが飲んだ毒は、もともとカプセルに入っていたんだ」

「はあ？」

小檜山の声は盛大に裏返ったが、それを恥じらう余裕はなかった。

「でも、要さんは、自分で作った毒薬をラップに入れて、輪ゴムでぐるぐる巻きにして保管していたんだろう、ちょうど『パルプ・フィクション』みたいに。まゆさんからそう聞いたぞ」

「それが誤りだったんだ」大出は言う。「つまりまゆさんは勘違いをしている」

「か、勘違い？」こいつは何を言うつもりでいるんだろう、と小檜山は、妙な胸騒ぎを感じた。

「まゆさんの話で気になった部分があった」大出は言う。「要さんが亡くなる前日、彼が夜更かしすると思った、とまゆさんは言っていた。

だが、どうしてまゆさんは、彼が夜更かしするつもりだと知っていたのだろう」

「そりゃあ、夜、コーヒーを淹れているところに出くわしたからじゃないのか」

「だが要さんは、カフェインがろくに効かない体質だった。コーヒーを飲む＝夜更かし、とはならない。実際、寝る前にコーヒーを飲むのは珍しくないという話だった」

「なら、本人の口から聞いたんだろう。今日は遅くまで起きているつもりなんだ、って」

「そうだ。それしか考えられない」

ではそれを踏まえて考えてみてくれ。

大出は小檜山にそう促す。

「小学生だったまゆさんは、兄から、今日は夜更かしするつもりでいると聞かされる。勉強したいと言ったのかもしれないし、本棚に並んでいた小説を読むと言ったのかもしれないな。

もし、要さんからそれを聞いたまゆさんが、兄が寝ないように、何かしてやろうと思ったとしたら」

小檜山は、一拍おいてから、「何か」と言った。何か？

石膏像のような硬い表情で、大出は話を続ける。

「たとえば、寝落ちしないように、という無邪気な善意から、兄の机の中に入っていたカプセルを、てっきり眠気覚ましか何かだと思い込んで、こっそりとコーヒーに混入させたとしたら？」

「待った」

と遮る小檜山の声には、隠し切れない狼狽がにじんでいた。

「さすがにそれは、いくらなんでも想像力を羽ばたかせすぎだろう」

「たしかに飛躍している。だがそう考えれば、腑に落ちるんだよ。

まゆさんが毒を見つけた経緯はわからない。だが彼女は、子供のころ、家の中でよく宝探しをしたと言っていた。

子供の、あの純粋で、屈託と際限のない探究心から、兄の机の中を調べ、たまたま兄お手製のカプセルを見つけたとしたら？

そしてロールプレイングゲームの主人公よろしく、それを失敬したとしたら？

もしそれを飲ませようと思ったなら、カプセルのままでは気づかれてしまうから、割って中身だけを入れたはずだ」

「だ、だけど遺書は？　遺書はどうなるんだ」

小檜山が、齧歯類(げっしるい)に似たせわしなさで大出に詰め寄った。

「遺書の筆跡は、要さんのもので間違いなかった。だから自殺ってことになったんだろう？」

「ああ、だから彼に自殺願望があったことは間違いない」

「だったら」

言いかけた小檜山を、大出は「だが」と遮る。

「その日に決行するつもりはなかった」

理解が追いついて、熱を帯びていた小檜山の意気が、一変、冷水をかけられたかのように萎(な)えていく。

「時期が」やがて小檜山の口から出た声は、目の粗い紙やすりでこすったみたいにざらついていた。「時期が、早まったのか。まゆさんのせいで」

大出はうなずいた。

「それなら遺書の本文がほとんど白紙なのも、棚の植物図鑑の間なんて見つけづらい場所にはさまれていたのも、納得がいく」

小檜山がはっとする。「そうか。まだ本文を書く前だった」

「辞世の句の多くは、死ぬ直前ではなく、それよりも前に詠まれている」大出は言った。「だが俺はかねてより疑問だったんだ。事前にしたためた言葉が、死ぬ寸前の心情を、どれほど正確に表現できるんだろう、ってね」

小檜山がうめく。「薔薇のつぼみ、か」

大出は、黙ったままの親子に話しかける。

「あなたたちは、まゆさんをずっとかばっていたんですね」

その声には、相手に寄り添う温かさと、理性の冷ややかさの両方が含まれていた。

「もちろん征一さんも知っていたのでしょう。だからこそ、粉薬ではなく、正しいほう、カプセル剤を用いた。もともと誰に見せる気もなかったでしょうからね」

「前の日」

ぽつりと虹緒が話しはじめた。

「キッチンでまゆが言ったの。『お兄ちゃん、今日は遅くまで起きて勉強するんだって』って。『明るいうちにやればいいのに』って言うから、お兄ちゃんは夜のほうが集中できるのよ、って説明したら、にやっと笑って。『そっか、じゃあお兄ちゃんが頑張れるように手伝ってあげないと』って」

虹緒は声をしぼり出すように続ける。

「それから、いなくなったと思ったら、少ししてキッチンに戻ってきてね。ふだんはすぐ部屋に引き上げるのに、あの日はそうしないで、要がお風呂から上がるまで待ってたりして。妙にそわそわしているな、とは思ったけど。その時はそれ以上は何も思わなかった。

でも次の日、警察の人が、要の机の奥から毒物が見つかった、って言って、カプセルが入ったガラス瓶を見せてくれてね。その瞬間、頭の中で、昨日のまゆの行動が、ぜんぶ繋がったわ」

「ひとみさんも、知っていたのかい」

小檜山に話を振られたひとみは、「はい」と消え入りそうな声で言った。ただでさえうつむきがちな顔は、今はもうほとんど真下を向いている。前髪に隠れてしまって、表情はほとんど見えない。「たまたま私も、その場にいたので」

「家族ぐるみで、事実をねじ曲げたのか」小檜山は呟いた。「まゆさんのために」

「あの子はまだ幼かった」虹緒がうなだれた。「自分がしたことを知ってしまえば、受け止められるとは思えなかった」

誤った前提は誤った結論を導く。大出が繰り返し口にしたフレーズが、小檜山の頭の中で響く。

最初に聞かされた情報が間違っていた、そのせいで、先入観が邪魔をして、事実を聞かされても、未だに脳がそれを受け入れるのを拒んでいる感じがした。生まれた時からずっと信じていた神が偽物だと言われたら、人はこんなふうになるのかもしれない。

一家の判断の是非は、小檜山にはわからなかった。だが責めることはできなかった。実際、どうして責められるだろう？　会って一日足らずの間柄でも、事実を知って、こんなに動揺してしまっているというのに。

二人のほうを見られず、消去法的に、小檜山は、大出のほうを見た。小檜山の視線の先の大出は、唇を真一文字に引き結んで、険しい表情を浮かべていた。

お盆を持ってて両手が塞がってるから、ドアを開けてほしい。書斎のドアの前で、まゆが部屋の中に呼びかけると、扉が開いて、大出が出迎えてくれた。「ありがとうございます。おや、これは紅茶ですか」

「うん。なんかコーヒーは飲む気になれなくて。たぶん、みんなもそうじゃないかと思ってさ」

書斎に入ると、皆が自分を見る表情に違和感を覚えた。どうしたんだろう、と思いながら、まゆはテーブルの上にティーセットが入ったお盆を置いた。

## 5-6

「ふう」

「おつかれさん」

「どうにか当面の危機は脱したか」

「峠は越えたってところだね」

「当初はどうなることかと思ったけど」

「やってできないことはない」

「なせば成る、なさねば成らぬ、何事も」

「いい句だね。辞世の句にしたいくらいだ」

「あとは、この村を無事に出られるかだけだな」

「やっとこさゴールが見えてきた感じがするなあ。だけど、いつまでこの村にいなきゃいけないんだろう」

「雨もやんでしばらく経つ。ニュースによれば、道路の水も引きはじめているみたいだし、そう遠くないうちに、道路も復旧するだろう」

「早いこと直ってほしいよ。我々がここにいるって、狼たちに感づかれる前にさ」

「感づかれるも何も、そんなへまはしてないだろ」

「そのはずだけど。でも、ここは突破できても、村の外はどうだろう？　矢倉の息のかかった追っ手がわんさかひしめいてるかも」

「おまえは相変わらず心配性だな。安心しろよ。ここの家の人が、車で送ってくれるって言ってたろ。後部座席で身を小さくしていれば、万が一、狼たちが目を光らせていても、見つかりっこないさ」

「車に乗せてもらえるのは、ついてたね」

「ま、こっちもそれなりに働いたんだから、そのくらいの見返りがなきゃやってられないよ。さてと」

「ん？　やおら立ち上がってどこ行くのさ」

「少しばかり外の空気を吸ってくる」

「大人しくしてろよ。田舎じゃよそ者は目立つぞ。とくにきみのほうは、矢倉の家の前のカメラに映っているんだし」

「わきまえてるよ。安心しろ。すぐそこまでしか行かないさ」

## 5－7

雨はあがった。

家の中にはいたくなくて、まゆはなんとなく外に出た。庭の水たまりに雲が映っている。晴天よりも、曇り空のほうが、水たまりには綺麗に映る気がする。地面はぬかるんでいるが、防水機能を搭載したブーツの前では、恐るるに足らない。

門を開けて、敷地の外に出る。ただつっ立っているのも芸がないので、理由もなく、家の前の道を下っていく。路肩に伸びた雑草の、葉の表面に水滴が浮いている。あの水はそのまま葉の上で乾くのだろうか、それともやがて葉先から垂れ落ちて地面に染み込むのだろうか、そんなことを思った。地面から川へ、川から海へ、海から空へ、そして雨となって地面へ。昔見た、水道局か何かのポスターがまゆの頭に浮かんだ。渦のように繰り返される循環。あれを見た時、どこに行っても元の位置に戻ってこざるをえないような、結局どんなにあがいてもどこにも行けないような、どうしようもない無力感を覚えたことを、不意に思い出す。

転ばないよう足下に注意を向けて下り坂を歩いていると、顔をあげた時に、思っているより進んでいて驚くということはままあることで、いつの間にか、まゆは渦間の家の前まで来ていた。

「あれ、まゆちゃんじゃんか」

家の前に停まった車の近くにいた渦間は、まゆに気づくと、目をぱちぱちさせた。

「どしたん？」

荷物を車に積み込んでいる途中だったようで、渦間は、片手で釣り竿、もう片手では、木彫りの鯛（たい）の置物を抱えていた。なんだかいよいよ七福神めいてきたな、と思う。

「雨もやんだし、ちょっと川の様子でも見に行こうと思って」まゆの軽口に、

「死亡フラグだなあ」

と笑いながら、渦間は釣り竿と鯛の置物を車の荷室に詰め込むと、両手をぱんぱんと払ってから、

「それにしても、ひどい雨だったよな」

と言う。

「雨だけならともかく、雷も落ちまくってただろ。姉貴の娘たちが怖がっちゃってさ。寝られないって言うから、昨日は夜どおし、『ホーム・アローン』シリーズを見てたよ」

それにつき合わされたおかげで寝不足だよ、と渦間はぼやきながら、大あくびをする。おじさんも一緒に見て、とせがまれたのかもしれない、とまゆは思う。

「まゆちゃんもせっかく帰ってきたのに、災難だったな。ま、考えようによっては、家族とゆっくり過ごせてよかったのかもしれないけど」

家の話をするのは、ちょっと抵抗があったので、まゆは「えへへ」と笑って誤魔化す。

「あ、そうだ渦間さん、お土産のお菓子ありがとね。おいしかったよ」

「ああ、あれな。たいしたものじゃなくてごめんな」

「そんなことないよ。みんなでおいしくいただいてます」

「どっちがうまかった？　姪っ子たちは二人ともフランボワーズのほうがおいしいって言うけど、俺はピスタチオ派なんだよな」

「え、フランボワーズなんてあった？」

「え？　包装の色が違っただろ？」渦間が怪訝な顔をする。「ひとみちゃんたちでぜんぶ食べちゃったのかな」

　そこで渦間の家のドアが開いて、髪型をツインテールにした女の子が姿を現した。まゆが見たところ、年の頃は十代後半。ミニスカートからは細くて長い脚が伸びている。一緒に来ている二人の姪のうちの一人だろう、とまゆにはわかる。夜どおし映画を見ていたせいか、眠そうな顔をしている。女の子はまゆに気づくと、小さく会釈をして、忘れものでもしたのか、また家の中に戻っていった。

「帰り支度？」家のドアが閉じるのを見ながらまゆは言った。

「まあ、ぼちぼちね」

「道路って、もう復旧したの？」

「まだだけど、だいぶ目処は立ってるみたいだな」渦間が言う。「さっき車で下まで行って、作業してた人に聞いたんだけど、今日の夕方には、なんとか車がとおれるようになりそうだってさ」

「そうなんだ」まゆは安堵の息をついた。「長引かなくてよかったね」

「まったくだよ」

「というか、人にはいろいろ言ったくせに、渦間さんだって川の様子を見に行ってるじゃん」

死亡フラグだなあ、まゆは呆れて言う。

とかなんとか話していると、坂の上のほうから足音が聞こえてきた。まゆがそちらを見ると、大出が、下り坂特有の、歩幅の狭い小走りで近寄ってくる。

手を振る大出に、まゆは笑顔を向ける。「大出さん。どうしたの？」

「少し外の空気を吸おうと思って歩いていたら、ここでまゆさんにお会いしたというわけです。運命を感じますね」

「運命も何も一本道だって」

「つまり我々がここで会うことは必然だった、ということですね」

大出はそこで渦間に気づいたようで、「っと、お話し中でしたか」

と、驚いた顔で足を止める。ちょうど車の陰になって、おりてくるまで、渦間の姿は見えなかったようだ。

「こちらは？」

渦間がまゆに訊ねた。「もしかして、まゆちゃんのいい人？」

昔から、何かと恋愛に結びつけるのが渦間の性分だった。いい人って言いまわしはだいぶ古いな、とまゆは思いつつ「違う違う」と否定する。「大出さんは、昨日うちに来たお客さまなの」

「へえ。じゃあ昨日はさぞ、にぎやかだったろうな」

昨夜から今日にかけて箕輪家に巻き起こった嵐を知る由もない渦間は、太平楽な態度でそう言ってから、大出に、「こんちは」と親しげに話しかける。「足止め食ってたいへんだったでしょ。こちらへは昨日の早いうちに？」

「ううん」と答えたのはまゆだ。「大出さんは私と一緒に来たから」

「一緒？　だけど、まゆちゃんが昨日、ここをとおった時は一人だったろう」

「そのあとで会ったんだよ」

まゆの言葉に、渦間は目をぱちくりとさせた。まさか道路脇の山から飛び出してきたとは思わないだろう。

それから少し話したあとで、渦間は、

「ひとみちゃんにもよろしく言っておいてくれ」と言って、家へと戻っていった。

「そういえば、小檜山さんは？」

渦間がいなくなってから、まゆは訊ねた。

「あいつは部屋で帰り支度をしていますよ」

大出は言った。

「まだいつ道がとおれるようになるかわからないのに」

「せっかちな性分なもので」

書斎で紅茶を飲んだあと、二人から、できれば警察を呼ぶ前においとまさせてほしいと要請されていた。征一の死に、二人が無関係だとわかっていたため、一家はそれを諾し、道路が復旧し次第、ひとみが、車で二人を喜常町まで送っていくことになっていた。

「まゆさんはお散歩ですか」

「なんとなくぶらぶらしてるだけ」

まゆの答えに、大出は相好を崩し、「いいですね、ぶらぶら」と言った。「せっかくですから、二人で少しぶらぶらしましょうか」

断る理由はまゆにはなかった。

そこかしこにできた水たまりをよけるようにして、まゆと大出は並んで歩いた。道路横では、濁った水が勢いよく流れている。

「昨日は山から出てきたので、ここからの景色を見るのははじめてです」

道すがら、大出が言った。

「そっか、そうだよね。でもたいした景色じゃないでしょ」

眼下の景色をまゆはそう評した。台風一過とはいかず、空は雲で覆われていて、青空もほとんど見えない。ただでさえ田畑と山ばかりなのに、雨のせいもあって、景色はさらに冴えない様相を呈していた。

「じゃんけんをしていたというのが、この坂ですか？」

「そうそう。今見てもけっこう急だよね。私たちも小さかったとはいえ、お兄ちゃん、頑張ってたんだなあ」

「要さんと言えば、これは先ほど聞きそびれてしまったことなのですが」

「何」

「たいしたことではないんです」大出はそんな前置きをしてから、「十二年前の、要さんが亡くなる前の晩、まゆさんが最後に要さんに会ったのは、いつだったか覚えてますか？」と続けた。

当時のことを思い出す機会が多かったせいか、すぐに答えられる。

「お兄ちゃんがお風呂からあがってきた時が最後だね。お兄ちゃん、すぐ自分の部屋に引っ込んじゃったから、何を話したかはあんまり覚えてないんだけど」

大出は少し間を置いたあと、「そうでしたか」とうなずいた。

二人は山道を下る。

もっと会話が弾むことをまゆは期待していたが、大出は何か思うところがあるのか、口数が少ない。二人でいる時は寡黙なタイプなのかな、とまゆは思う。そういうところもいいなあ、と。

比べるわけではないが、要は逆に、まゆと二人でいる時は、口数が多いほうだった。虹緒やひとみに話を聞いても、出てくるのはその反対のもの静かな人物像ばかりだから、まゆに対してだけ、そうだったのかもしれない。思い返してみても、皆でいる時の要は、たいてい大人しかった気がする。

たんに、一番小さいまゆに対して気を遣っていただけかもしれないが、もしかしたらいくらか心を開いてくれていたのかもしれない。そう思うと、まゆだって決して悪い気はしない。

と、そこでまゆの頭に、一つの仮説が浮かんだ。

もしかして、要はちゃんとメッセージを残しているのに、自分がそれに気づけていないだけなんじゃないか、と。

もしそうだったとしたら、とまゆは仮説を進める。

それはきっと、遺書のように皆の目に触れるようなものじゃなく、自分だけが気づけるようにしてあるはずだ。

だとしたら、それがあるのは。

「そろそろ引き返しましょうか」

大出がそう言って、まゆは、はっと顔をあげた。黙っている間も足は動きつづけていて、坂道をほとんど下り終えていた。少し先には人家がぽつぽつと見えはじめている。遠目に見た限り、大雨による被害はあまりなさそうでほっとする。

「これ以上行くと、戻るのもたいへんです」

「あ、うん。そうだね」

まゆがそう言うと、大出はきびすを返して、元来た道を歩きはじめた。が、数歩行って、立ち止まり、振り返って、その場から動かないままでいるまゆに、首をかしげる。

「まゆさん?」

「ごめんね」まゆは両手を顔の前で合わせて片目をつぶるポーズをとった。「大出さんは先に帰ってて。私はちょっと寄るところがあるから」

## 5-8

坂道を下り、しばらく歩いたあとで、横道に入る。くねくねした道を進み、正面にある山の、遊歩道の入口に、足を踏み入れる。

地面はどろどろで、木の階段も、水を吸って柔らかくなっている。滑ってはことだと、ブーツを履いた足の裏に意識を集中しつつ、なるべく前傾姿勢になって、階段を上っていく。

しばらく誰もとおっていないのか、杭に繋がった、たわんだ鎖の外から、木の枝や茂った葉がはみ出している。手で払いのけようとするとその振動で葉が揺れて、ついた水がぼたぼたといっせいに落ちてくる。素早く手を離し、身をひねってそれをかわした。

階段の途中で立ち止まる。道に沿って張られた鎖を振って水滴を落としてから、またいで、遊歩道の外側に踏み出す。当時は越えるのに苦労したが、今では一またぎだ。鎖をまたいだこちら側はほとんど地面が見えない。まゆが名前を知らない草花や苔、折れた木の枝におおわれている。雨のせいで、そこかしこにぬかるみができている。歩くたびに、地面に水分がたっぷり含まれているのを感じた。木の根が張っているから沈み込むことはないが、注意しないと体勢を崩して転びそうだ。

木の根元を何かがとおり抜ける音がする。目をやると細い蛇が、体をくねらせて、地面を這っていくのが見える。驚いて飛び退いた際、濡れた木の根を踏んで、左足がずるっと滑る。傍らの木の幹に抱きつくようにして、転ぶことこそ免れたが、掌をすりむいてしまった。

　四方も上も木々に覆われた空間は昼間でも薄暗い。葉のざわめきも季節によって微妙に音色が異なることを教えてくれたのは誰だったか。兄だ。春は軽やかでどこか浮ついていて、秋は小刻みで忙しない。そして夏の葉ずれは、重層的で、どこかもの悲しい。

　どんなに気をつけても動線上にある草や枝をぜんぶかわすことは不可能で、歩いているうち、着ている服は上も下も水に濡れて重たくなっていた。泥もそこかしこにはねている。服の下も汗で気持ち悪い。今さらどうすることもできないので、戻ってから着替えるしかない。心の中、後悔の水かさが増していく。こんなことならいったん戻ってひとみの垢抜けない服でも借りて着てくればよかった。あれならどんなに汚れても悔しくないのに。靴だって、ブーツじゃなくてもっと歩きやすいものを履いてくればよかった。袖に絡みついた蜘蛛の巣を振り払おうとするが、さらに腕にまとわりついてしまう。躍起になってそれを払うと、腕が枝にぶつかって、ついていた水滴で服がさらに濡れた。

　そんな道中を経て、ようやく到着したその場所は、まゆの想像よりも、当時の面影をとどめていた。以前よりかなり早く着いたように感じたのは、単純に自分の歩幅が広がっただけだろう。ちょうど小学校の鉄棒が今だとすごく低く見えるように。兄が死んでから、まゆがここに来るのははじめてだった。だから十二年ぶりになる。

いいだろここ。森に住む妖精が囁くみたいに、兄の声が耳元で聞こえる。僕の秘密の場所なんだ、ママやひとみにも教えちゃ駄目だからな。約束だぞ、と二人で指切りした時の感触が、小指に蘇る。記憶にある兄の指はまゆと同じくらい細くて、だけどまゆとは違って節々が硬かった。

円形のその空間には、草が密集して生えていた。こんな薄暗いじめじめした場所のどこに、兄は心惹(ひ)かれていたんだろう。昔、ここに来た時も感じたのと同じことを、まゆは思った。今来てみても、すごく不気味なのに、と。

下草を踏み分けて、苔むした、石のほこらに近寄った。近づいて見ると、当時よりも小さくなったように感じる。風雨で削られたのか、と考えて、これもまた自分が大きくなっただけだと思い直す。

しゃがみ込んで、ほこらの中を覗き込むと、雨宿りをしていたのか、中から一匹の蝉が、弾かれたように勢いよく飛び出してくる。けたたましい羽音に、まゆは思わず悲鳴をあげ、それから悪態をつく。

他に何か飛び出してこないか警戒しつつ、徐々に顔を近づけて、中を調べる。

が、何も見つからない。

「そりゃそうか」

というまゆの独り言は、葉ずれの音にかき消される。

まゆだって、何もないだろうとは思っていた。万が一あったとしても、十二年も前では、残っている見込みは薄い。それでも確認せずにいられなかったのは、たとえば道ばたで拾った宝くじの番号を、当たっているはずがないと思いつつも、確認せずにはいられないあの心理によるものだった。

なおも調べるが、何も収穫はなく、せいぜい汚れた手がさらに汚れただけだった。

徒労感に打ちひしがれながら、まゆは立ちあがる。先刻、木をつかんだ時にすりむいた掌が痛んだ。

掌のような形の葉をつけた木が、ほこらの向こうには生えていた。

「あ、カエデだ」

まゆはそれを指さして言った。今のまゆではなく、小学生のまゆだ。

葉の音が軽やかだったから、季節は春。

「はずれ」

横で要はゆるゆるとかぶりを振った。要の声は細く、耳を澄ましていないと、周囲の音にまぎれてしまう。

「これはモミジだよ」

その時の私はなんて言ったんだっけ？

まゆは考えて、そうだそうだ、とすぐに思い出した。「モミジもカエデも一緒じゃん」って言ったんだ、と。

すると要は、「違うんだなあ」と言って、顔いっぱいに、年下に知識を披露する時特有の優越感を浮かべて、見分けかたを教えてくれた。

「いろいろ違いはあるけど、一番わかりやすい違いは、葉っぱの形なんだ。モミジのほうが、カエデよりも切り込みが深く入っているのさ」

そうだ、だからこれはカエデじゃなくてモミジ。モミジとカエデは葉っぱの形が違うん、だか、

ら？

その時、まゆが感じたざわめきは、周囲の木々の葉が空気を揺らしたものか、それともまゆの胸の中で鳴った音か。

あれ？

そういえばなんでお父さんはカプセル錠なんか、

カプセル？

「まゆさん」

名前を呼ばれて、まゆは、声のしたほうに顔を向けた。

幹と幹の間に立っている大出の顔を見て、まゆは、たった今頭に浮かんだ疑念が正しいこと、そして大出も、もうそれを知っていたことを直感的に悟った。

## 5-9

「何をされているんです。こんな森の奥深くまで分け入って。危ないですよ。ほら、一緒に戻りましょう」

まるい空間に足を踏み入れて、大出は、まゆへと近づく。

右手を差し出して、じわじわとにじり寄るさまは、まるで木からおりられなくなった子猫に怖くないよとアピールするかのようだ。

そう思ったところで、まゆは自分の体が、冬に冷水をかぶったように震えていることに気づいた。あれれ、どうしちゃったの私、と戸惑う。

「まゆさん。落ち着いてください」

大出がやわらかい口調で言った。まゆ自身は、動揺したり興奮しているつもりはないが、傍(はた)からはそう見えるのだろうか。

鏡があればセルフチェックできるのにと思ったが、もし鏡に映して自分を把握したところで、この体の震えは無意識に起きている、いわば自然現象なのだからどうしようもない。今日はちょっとまぶたが重たいから、いつもよりしっかりアイプチをやっておこう、というふうにはいかないのだ。

「まゆさん、そちらは危ないです」

大出の声にわずかに硬さが混じった。

首筋に葉っぱが触れて、まゆは、そこではじめて自分が後ずさりしていることに気づいた。道理で大出が近づいてきているのに、二人の距離がいっこうに縮まらないはずだ。

自分に向ける大出の態度から、まゆには、彼の目に映る自分が、よほどひどい状態であることが推測できた。大出の全身からは、正気を失った動物をなんとかなだめようとしている猛獣使いのような必死さがにじみ出ている。

どこかに逃げる気は、まゆにはなかった。ただ、頭の中で渦巻く混乱が、もう少し凪(な)ぐまで一人にしてほしいだけ。時間時間時間をちょうだい。あと半時間でもいいから。

どうか少しの間一人にしてほしい。

今は誰かと視線を合わせるのさえ苦痛だった。

それなのに大出は、じっと、まゆの顔を直視している。

ついにまゆは、その視線を浴び続けることに耐えられなくなって、大出から顔を背けるように身を翻し、森の奥へと駆け出す。

「待ってください！」背後から声が聞こえる。

「追いかけてこないで！」叫び返す。

転びそうになりながら、まゆは、その声から逃れようと、早足で森の中へ分け入っていく。靴の裏に小枝や草を踏む感触が伝わった。土と植物の、じっとりとした、むせかえるようなにおい。動線上にある枝や蔓が、時にちくりと、時にばさばさと肌に触れる。

濡れた根を踏んで、足がずるりと滑る。倒れそうになるのを、なんとかこらえる。背後からは、絶えず葉のざわめきが聞こえてくる。自分がとおった時に揺れた葉が音を立てているだけかもしれないが、振り返ってたしかめることはできない。誰かと顔を合わせるのが、とにかく耐えられなかったからだ。ちょっとの間、ほうっておいてくれるだけでいいのに、一人にしておいてほしいのに、そんな簡単な望みが叶わない。息が上がり、視野が狭まる。

自分がどこを走っているのかもわからなくなった頃、突然、茶色一色だったまゆの視界が開けた。

と次の瞬間、まゆが踏み出した左足は、あるはずの地面を空振りする。昔、小学校の階段を、踊り場から、意を決して、ジャンプした時のような、自分の周りに、何も、なくなったみたいな浮遊感に、全身が包まれる。

自分の喉が、ひゅっ、と鳴る音が、まゆには聞こえた。

時が止まったかのような、コンマ何秒かの静寂、体が落下をはじめようとする。

その瞬間、

「まゆさん！」

いつの間に追いついたのか、大出の声がすぐ背後で聞こえた。それと同時に、まゆの右の手首が、強い力で、握られる。

## 5-10

「で、結局、大出さんが気になっていたことって、なんなの？」女が訊ねる。

「気になっていたのは」男が答える。「要さんがいつ毒を飲んだかです」

「お兄ちゃんが？」

「ええ。話によれば、まゆさんが二階から毒物をキッチンに持ってきたのは、要さんが風呂に入っている間でしたね？」

「そうだね」

「そして、平生ならすぐ自分の部屋に戻るのに、その日のまゆさんは、要さんが風呂からあがるのを、にやにやしながら待っていた」

「うん」

「とすれば、こんな仮説が生まれます。まゆさんが毒を入れたのは、コーヒーではなく、彼が風呂あがりによく飲んでいたという、オレンジジュースだったのではないか、と」

男の、答え合わせを求めるような視線を受けて、女は渋々、「そうだよ」とうなずく。

「たしかにお兄ちゃんを死に至らしめた毒は、オレンジジュースに入ってた。でもさ、それがなんだって言うの」

「おかしいじゃないですか」どうして気づかないのか、と言わんばかりに男は大仰に両手を広げるポーズをとった。「それなら何故、征一さんは、自分の薬をコーヒーに溶かしたんです？

書斎の状況を作ったのが征一さんなら、粉かカプセルか以前に、コーヒーに溶かすのはおかしい。何しろ毒が入っていたのはコーヒーではなく、オレンジジュースだったんだから」

「それは、オレンジジュースがなかったからでしょ。お兄ちゃんが亡くなってから、うちではオレンジジュースを買ったことはないから」

「たしかにそうかもしれませんね」

あっさり同意されて、拍子抜けしながらも、女は、

「でしょ」

と言うが、すぐに、

「ですが」

と二の矢が飛んでくる。

「自分の服用している薬を溶かすのはおかしいでしょう」

女はうんざりした表情を浮かべる。「今度は薬のほう？」

「征一さんが亡くなった日、彼が服用している薬は、二、三日分しか残っていなかった。そうでしたね」

女がうなずく。「病院に行くはずの日に、体調を崩して、予定を延期したんだよね」

「そう。そしてあの日は、大雨で道が冠水していた。いつ道路が復旧するかわからない、言い換えれば、いつ薬が手に入るかわからない状態だった。そんな貴重な薬を使うでしょうか。溶かすだけなら、洗面所にある、家族共用のビタミン剤を使えばいいのに」

「あとから飲むつもりだったんじゃないの」

「コーヒーはブラックしか飲まない彼が、カプセルに入っている薬を、わざわざ溶かして、飲みますか？」

「う」

「つまるところ、あの日、書斎にあったコーヒーカップは、征一さんが準備したものにしては、不自然なところが多すぎるんです」

女はしばし黙っていたが、やがて、

「そう言われると、おかしいかもね」

と認める。

「でもさ、人の行動ぜんぶに合理的な説明がつくわけじゃない、って、小檜山さんも言ってたじゃん。多少、納得できないところがあっても、そういうこともあるなって受け入れるしかないんじゃないの？　だいたい、ほかでもない大出さんが言ったんだよ、あの晩、コーヒーを淹れられたのは、お父さん以外にいないって」

そこまで言って、女は、あ、と何かひらめいた顔をする。「もしかしたらわかっちゃったかも。コーヒーを淹れたのはお父さんだけど、それにあとから別の人が薬を入れた、って言うつもりでしょ」

「違います。それはありえない」

「えー」意見を即座に却下され、女は不満げに頬を膨らませる。「なんでよ」

「カップに添えられていたスプーンに注目すれば、わかることです」

男は言う。

「征一さんはもともとブラック派のため、スプーンを使う必要はない。つまり、征一さんが淹れたコーヒーに、誰かがあとから薬を溶かそうとすれば、その誰かはスプーンをあらためて調達する必要がある。

あのスプーンは前日の夜、我々が桃のシャーベットを食べたのと同じものです。まゆさんが一時半ごろ下におりた時、水切りかごにあったスプーンは三本でした。しかしシャーベットを食べたのは四人。

四本のうち一本だけを棚にしまうとは考えづらいので、このコーヒーに添えられていたのが、残りの一本と判断して間違いないでしょう」

女はうなずく。「そうだろうね」

「それを踏まえて、誰にあのスプーンを書斎のカップに添えることが可能だったのか。

ふたたび消去法でいきましょう。

まず夜の間、部屋の外に出ていない虹緒さんには無理です。懐中時計がドアの前に転がったのは、コーヒーを淹れる前。コーヒーがないのにスプーンだけ書斎に持っていくはずがない。

同じことが、〇時ごろ、コーヒーを淹れる前に下におりたひとみさんにも言えます。ひとみさんは二時ごろにも下におりていますが、その時点でスプーンはすでに一本少なかった。これはまゆさんの証言とも一致しているため、疑わなくていい。

残るは三人ですが、全員、同じ理由で消去できます。

というのも、我々三人なら、カップに添えるのにあのスプーンは選ばないから。我々があのスプーンを使ったのは、夕食後に桃のシャーベットを食べた時のみ。つまり我々にとって、あのスプーンはあくまでデザートスプーンです。

ましてあのスプーンは、カップに添えるにはいささか大きすぎる。

我々がコーヒーに添えるのであれば、前の日、あなたが淹れてくれたコーヒーに添えてあったスプーンを選ぶのが道理でしょう。

スプーンは食器棚の目立つところにありましたから、見つけられなかったとは考えづらい。

まゆさんは家の人ですが、あのスプーンを買ったのは当時から見て半年前とのことでした。年一でしか帰ってこないまゆさんには、あれが征一さんのお気に入りで、なんにでも使っていたことを知る術がありません」

「だーかーらーさ」

女はじれったそうに言う。「くどくどとしゃべってたけど、結局、コーヒーを淹れたのも、それに薬を溶かしたのも、お父さん以外にはありえないってことでしょ」

「それが、そうじゃないんですよ」

「はあ?」女が目をぱちぱちとさせる。「でも、じゃあ、もう他にないじゃん。わけわかんない」

混乱した様子の女に、男は、

「あの時」

と、静かな口調で言う。

「選択肢として挙げたのは、何人でしたか？」

「お父さんとお母さんと、私たち姉妹」一人挙げるにつれ、女は指を折っていく。「それに大出さんと小檜山さんの、六人でしょ」

その手はしまいに、小指を立てた指切りの形になる。

「ところが、それ以外にも、コーヒーを淹れられる人間がいるんです」

「私たち以外に？　だけどあの夜、外から家に入った人は誰もいないって話だったよね。もしかしてそこも違うの？」

「いえ。それは合ってます」

「じゃあ、お兄ちゃんの幽霊が？」

「ちゃんと実体のある人間ですよ。我々にはその姿が見えなかった、という点では、幽霊と言ってもいいかもしれませんが。いえ、ここはやはり精霊と言ったほうがいいかもしれませんね」

「言い回しとかどうでもいいから」

女の苦言に、男は、「失礼しました」と素直に頭を下げてから、その真相を口にする。

「あの夜、あの屋敷には、私たち六人以外にも人がいたんです。山の向こうの矢倉家から宝石を盗んで逃げてきた、二人組の泥棒がね」

## 5-11

「つまるところ、あの時の推理は、前提から間違っていた。だから結論も、どこかいびつで据わりの悪い、不格好なものになってしまった。

誤った前提は誤った結論を導く。

たとえ途中の過程が正しかったとしてもね。

泥棒たちがいたとすれば、それは二階の、要さんの部屋の隣以外にはありえません。一階に空き部屋はないし、他の部屋は、あなたたち姉妹と我々がいた。二階には、音楽室や、要さんの部屋もありますが、前者は人がいつ入ってくるかわかりませんし、後者は家族が気まぐれに訪れないとも限りませんから、その二つは避けるでしょう」

「ちょっと待ってちょっと待って。今の言葉、ちょっと待ってってば」

場が男の一人舞台と化すのを引き留めようとするかのように、女は慌てて口をはさむ。

「すらすらとまくしたてるから思わず聞き入っちゃったけど、それはあまりにも無理があるって。だいたい、二日目に、みんなであの部屋に入った時、あそこには誰もいなかったじゃん」

「その時にはもう、連中は屋敷を抜け出していたんですよ」男は飄々と言う。

「だけど、百歩、いや恒河沙歩譲って、あの夜、あの部屋に泥棒がひそんでいたとしてさ。そいつらはなんでキッチンまでおりて、人の家でコーヒーを淹れるなんて悠長なことしてるのよ。コーヒーブレイク？　そんな馬鹿な」

「かくまっていた人物に、そうするよう頼まれたからです」男は言う。「言うまでもなく、泥棒たちには協力者がいます。そうでもないと、隠れていた泥棒たちが、のんきにコーヒーを淹れたりする理由が説明できませんからね。推測ですが、はじめは連中も長居する気はなかったはずです。それが冠水で村に閉じ込められて、事情が変わった」

「でもさ、その泥棒たちは、どうしてずっと隠れてたの？　その協力者にしてもさ、他の人に黙っているなんて、おかしくない？」

「泥棒が隠れていたのは、我々に見つかりたくなかったからでしょうね。また、協力者が黙っていたのは、泥棒に頼まれたからでしょう」

「ふうん」

「さて、コーヒーを淹れたのが泥棒たちなら、またしても新たな問題が浮上する。

誰がそれを頼んだのか、です。

登場人物こそ増えましたが、それが可能なのは、先ほどと同じ六人です。ちなみにこれより選択肢が増えることはありませんのでご安心ください」

「さっぱりわからない。いったい誰なの？」

「例によって手がかりはここに至るまでにすべて提示されていますので」

「よく考えれば、あなたが誰を指摘するか、言いあてられるってこと？」

「そういうことです」

「ふうん」

男はそこで、女に考える時間を与えるかのように、コーヒーを口に運んで、一呼吸置いた。

それから、

「さて」

と話しはじめる。

「例によって、消去法でいきましょう。

まず征一さんは違います。落雷によるショック死は、あらかじめ想定できるものではない。コーヒーに入っていたのは毒でなく、彼が服用していた薬だというのは先ほどあなたが教えてくれましたね。よって要さんの時とは異なり、彼に自殺の意志がなかったことは明白。そのため遺言などの形で、生前に頼むことは不可能です。続いて虹緒さんですが、彼女はやはり夜の間、部屋から出ていないため違います」

「そうかなあ」

女が顎に人差し指をあてて言う。

「泥棒が先に、書斎で亡くなっているお父さんを見つけて、部屋にいたお母さんに相談した場合は？　もしかしたら懐中時計が転がった時、泥棒と一緒に、書斎か部屋にいたのかも。それでそのあと、懐中時計に気づいて、アリバイづくりに利用できると思って、ドアを閉めたあとで、泥棒に置いてもらった、とか」

「その場合でも、翌日の朝、虹緒さんは部屋のドアを慎重に開けないとおかしいですよね」

「う」

「というわけで虹緒さんも消去です。

さて次は我々、つまり大出、小檜山の両名ですが、やはり我々にはフィルターの補充を指示できないため違います。

スプーンのこともそうですが、細かい指示を与えるには、家の配置や、要さんが亡くなった時の状況を知悉（ちしつ）する人間でなければ難しいでしょう。原典もろくに知らずにパロディはできませんからね。

何より、もし泥棒が一つ屋根の下にいると気づいていたら、我々が見逃すはずがない。

ということで残るは二人。

ひとみさんかまゆさん。

泥棒に頼んだのは、あなたがた姉妹のうちどちらかです」

女は緊張した面持ちだ。

「が、ご安心ください。まゆさんには不可能です」

「え？　どうして？」

「まゆさんが征一さんの死に気づくタイミングは二度。

○時すぎ、一階から部屋に戻ったひとみさんが、ゲームを持ってまゆさんの部屋を訪れるまでの約十五分間か、もしくは深夜一時半すぎに、アイスをとりに行った時。

まず前者ですが、あの時間帯、隣室で流れていた音楽の曲順を言いあてていた。ずっと部屋にいなければ、そんなことはできません。

泥棒が先に征一さんを発見し、その後、相談しにまゆさんの部屋を訪れたパターンなら？　駄目ですね。それなら泥棒だけに任せておかず、自分も下におりるに決まってますからね。それでは曲を聞き逃す。

よって残るは後者、アイスをとりに行ったタイミングですが、こちらは時間が足りない。

三分足らずで、征一さんが亡くなっているのを発見し、すぐさま泥棒に協力を要請、説得し、コーヒーの淹れかたなど細々とした指示を出すというのは、さすがに無理です」

「あ、そっか」

「よって、残ったのは一人。泥棒たちがひそんでいた空き部屋の向かいに部屋があり、行き来が容易な人物。そう。ひとみさんです」

## 5-12

「例によって動機はあと回しにして、ここでいったん、あの夜の、ひとみさんの行動をシミュレーションしてみましょう。

まずは夜中、部屋を出た彼女は、廊下でまゆさんと遭遇します。その時、二言三言、会話を交わしたという話でしたね」

「そうだったね」

「それから一階におりて、キッチンで麦茶を飲んだ」

「たしか、この時に小檜山さんと会ったんだよね。二階のトイレが使用中だったから、一階までおりてきたんだっけ」

男はうなずく。「この時、ひとみさんはキッチンにしか行かなかったと言っていましたが、それは嘘で、実際は書斎に向かったのでしょう。キッチンが先か書斎が先かはわかりませんが、まあどちらでもいいです。

理由は、推測になりますが、自室にいる時に、雷が樫の木に落ちたのがわかったのかもしれませんね。あの夜の雷はすごかったですし。それで書斎の窓から、様子を見ようと思ったのかも」

そのことについて女は何を言うこともなく、ただ「続けて」と先を促す。

男はうなずく。

「書斎に入ったひとみさんは、亡くなっている征一さんを発見します。現場の状況から、彼が亡くなった原因が雷だとわかったのでしょう。そこですぐさま家族を起こしていればよかったのですが、ひとみさんはそうしなかった。何故か。

要さんの時の状況を再現するというアイデアが思い浮かんだからです。

ひとみさんはすぐさま行動を開始した。

すべきことはそう多くありません。封筒に便箋を入れて本の間に挟み、コーヒーを淹れて粉末を溶かす。

文字にすればこれだけです。

ですが問題があった。

そう、時間です。

時間、時間、時間。

私たちについてまわる問題の多くは時間に端を発している。

私たちは常に時間の檻にとらわれている。

箕輪家のハウスルールでは、夜の間は魔法瓶にお湯をとっておかない。そのためコーヒーを淹れるには多少時間を要する。沸かすお湯の量を極力少なくし、加熱中、遺書やらの準備を並行すれば、そこまでの時間はかからないかもしれませんが、都合が悪いことに、ひとみさんは書斎に来る途中、廊下で妹と出くわしている。

二階の、まゆさんの部屋の前の廊下はきしむため、いつ人がとおったかすぐわかってしまう。

翌日、父親が発見された時に、『そういえば昨夜、姉が戻ってくるまでにはけっこう時間がかかっていたな、ちょうどコーヒーを淹れられそうなくらいの』、とは思われたくない」

女は黙って男の話を聞いている。

「もっとも本来は、偽装工作に関して、時間に追われることなどないはずでした。何しろあの夜、雷は何発となく落ちていましたからね。征一さんの死が雷によるものだと、あとで判明しても、どの雷が原因かまではわかりっこない。

だったら、『自分が下に行った時にはもう、コーヒーを淹れた形跡があった』と証言するだけでいい。それだけで、征一さんは自分でコーヒーを淹れたあと、雷により亡くなった、という筋書きのできあがりです。面倒なことなど一つもない。

ではここで問題です。

プロブレムではなくクエスチョンのほうですよ。

どうして彼女はそうせずに、泥棒に手伝わせるなんて、面倒なことをしたのか」

「キッチンにいる時、小檜山さんと会ったからでしょ」女は言う。「小檜山さんも、流し台に何もないことを見てたかもしれないもん」

「そう。だから余計な手間をかけなければならなくなった」

「本当に、小檜山さんって、間が悪いよね」

女は苦笑する。

「お母さんの部屋の前に懐中時計を落としたりさ。本当に、本当に、迷惑な人」

「あまりあしざまに言わないでくださいよ」男は苦笑してから、「ともかく」と話を続けた。

「ひとみさんには一計を案じる必要があった。そこで白羽の矢が立ったのが、二階の、空き部屋にかくまわれていた泥棒たちです。ひとみさんは連中を利用しようと考えた。

さいわいにして、連中がいることを他の人は知らない。

連中の姿は、彼女にしか見えない。

シェイクスピアの戯曲に出てくる、精霊のようにね」

「泥棒たちは素直に従ったのかな？」

「連中も波風は立てたくなかったでしょうからね。頼まれれば拒否権はなかったと思いますよ」

「もしかしたらその時点で、その二人が泥棒だって知ってたのかもね。手伝わないとここにいることをあなたたちにばらすぞって脅かせば、泥棒たちも従いそうじゃない？」

女の提案に男は「なるほど」と一本とられたような顔をする。

「だとするとひとみさんは、どうやってそれを知ったのでしょう」

「たとえばだけど、妹が友達と話している電話を、こっそり聞いた、とか」

女は両手を耳の横に当てる。

「我々の依頼人の妻君、矢倉ぐり子さんは、まゆさんの同窓でしたね」と男。「しかしそんな話を、まゆさんは、ひとみさんの前でしたんですか？」

女は耳に当てた両手を、頭の上に移動させ、指先をぴんと伸ばして、ぱたぱたと動かす。それを見ていた男は、「ああ」と腑に落ちた表情をする。「ぬいぐるみですか。

要さんからのプレゼントだというぅさぎの中に」

盗み聞きとは悪趣味ですよ、と男は嘆息してから、「あの夜のことですが」と続ける。

「いったん二階に戻ったひとみさんは、まゆさんの部屋の前の、きしむ廊下をとおって、空き部屋に入ります。そこで泥棒たちを説得し、流れを説明する。

ソーサーやカップの準備は、二階に戻る前にやっておいたのかもしれませんね、その辺は口頭では伝えづらいでしょうから。フィルターの補充も、その時にやったのでしょう。

泥棒が一階におりたのは、ひとみさんがまゆさんの部屋を訪れた時ですね。まゆさんの部屋の前の廊下はとおればきしみますが、しかし人数まではわからなかった。

複数人で、同時にとおれば、きしむのは一人分で済む。

あとは泥棒がコーヒーを淹れている間、ひとみさんは妹とゲームをして自分のアリバイを作る、という寸法です。

あるいは妹が、気まぐれを発揮して下に行くのを防ぐ、という目論見もあったのかもしれない。虹緒さんが睡眠薬を飲んだことは、ひとみさんは直接話して知っていましたから、そちらは気にする必要はないでしょう」

「あなたたちが下におりるとは考えなかったのかな?」

「二階にはお手洗いも洗面所もありましたからね。客人である私たちが、下に行く可能性は低い」

「小檜山さんは行ったじゃない」

「あれはあくまでイレギュラーですよ」と男。

女が、近くの草の葉を、ぴんと弾く。「本当に、迷惑な人だなあ」

男は苦笑いを浮かべてから、話をつづける。

「現場を作り終えてからの泥棒の動きはいろいろと考えられますが、一番ありそうなのは、いったん音楽室で待機し、まゆさんが一階に行くなりして、部屋の外に出たタイミングで、空き部屋に戻った、というパターンでしょうか。

一時半ごろに、まゆさんがキッチンにおりた時など、絶好のタイミングのように思います。

そして朝が来て、泥棒たちは家を出る。

おそらくひとみさんが朝早いうちに、隣人の渦間さんに電話か何かで、連中をかくまってくれるよう話をつけておいたのでしょうね。離れたお隣さんの渦間さん。人のいい渦間さん。女の子の頼みは断れない渦間さん。

親戚の子がどうしても早く帰らないといけなくて、とかなんとか言えば、了承してくれそうだ」

## 5−13

「あ、見ろよあのポスト。懐かしの円筒型だ。あるところにはあるもんだねえ」

「大人しく身をかがめてろよ。また誰かに見られたらどうするのさ」

「嫌味なやつだな」

「嫌味の一つや二つも言いたくなるさ。あれだけ忠告しといたのに、まさか家を出て一歩目で見つかるなんて。きみはドジっ子キャラでも目指してるのか?」

「うるさいな。見られたのはあの家の子だけだ。カメラに映った時とは服も違うし、あの時は帽子もマスクもつけていた。気づかれっこない」

「だといいけど。はああ。きみと一緒だといつも最後まで気が抜けないな」

「いいじゃないか、退屈とは無縁で」

「きみとは毎回こんな感じだから、半ば諦めてるけどね。それにしたって、今回のはその中でも六本の指に入るくらいとびっきりだったな」

「多指症かよ」

「山から出て、車に乗ったあの子に拾われた時は助かったと思ったけど。まさか道が冠水して、そのうえ、狼たちまで同じ屋敷に泊まるだなんて」

「連中はどうしてあの村に来たんだろう。我々が山をとおった痕跡をたどってきたのかな?」

「案外、向こうも道に迷ったのかもな」

「みんながみんな我々みたいにお間抜けだとは思わないけどね。まあ、我々がいることに気づいた様子もなかったから、少なくともその点では連中は間が抜けてたか」

「だけど、本当によく気づかれなかったよな」

「広い家だったのがさいわいした」

「あの子がはじめに、両親が出てくると煩わしいからって、家にこっそり上げてくれたのも、今思えばラッキーだった」

「もともとは長居する気もさせる気も、お互いなかったからなあ」

「だけど、狼たちが来てから、きみが慌ててあの子にした説明はひどかった」

「『別れた恋人が追いかけてきた、見つかったら何されるかわからない』」

「あまりにも無理がある」

「でも、あの子はちゃんとかくまってくれたじゃないか」

「いやあ、かなり疑いの目を向けてたよ。まあ、訳ありってのは伝わったんだろうな」

「本当に、あの子は我々にとっての女神だよ」

「だけど、まさかその女神に、夜中起こされて、死んだ父親にコーヒーを淹れてくれと頼まれるとは驚いた」

「断れば今すぐ狼たちの部屋に駆け込む、と言われれば、従うしかないよな」

「連中だけならまだしも、もし矢倉にまで居場所が知られたら、村から出られない状況の我々は、頓死しちゃうからね」

「だがあの子は、我々が宝石を盗んで逃走中の身であることを、どうやって知ったんだろう。まさかおまえ、話してないよな？」

「話すわけないだろ。おおかた、狼たちと話している時にでも、話題に上ったんじゃないの？」

「かもしれない」

「それにしても、いったい何を考えてたんだろうね、あの子は」

「さあな。人の頭の中で何がどんなふうに渦巻いているかは、当事者にしかわからないよ」

「外からは凪いでいるように見えても、当事者にしてみれば大嵐、ってわけか」

「それで言うと今回、我々は、その嵐に巻き込まれてしまったわけだ」

「たまったもんじゃないね。まあ、あの子のおかげでこうして車にまで乗せてもらってるんだから、感謝するべきなのかもしれないけど」

「しかし、自由を餌にいいように利用されるなんて、なんだかあの戯曲に出てくるエアリエルみたいだな」

「まったくだね、あ、そうだ。エアリエルで思い出したけど、きみ知ってるかい、モーツァルトのピアノソナタ十二番って」

「っと、静かにしろ。戻ってきたぞ」

お待たせ、悪かったね。姪たちがジュース飲みたいって言って聞かないから。

「いえいえー」

「全然ですよー。わたしたちにもあんなかわいい時代があったのかな、って二人で話してたところでした」

上の子なんて今年で六年生になったってのに、わがままで困っちゃうよ。そうだ、二人のぶんも買ってきたから、よければ飲んでよ。オレンジジュースでよかったかな。

「そんなそんな、申し訳ないです」

「乗せてもらうだけでもありがたいのに」

なに、ひとみちゃんの友達ってんなら、遠慮はいらないさ。ところで、もうすぐ喜常の駅に着くけど、どうする、そこで降りるかい？　それとも方向が同じだったら、もうちょっと乗せていこうか？

「わ。ありがとうございます、それだとありがたいですー」

「よろしくお願いしますー」

よっし、決まりだな。

ほら、おまえらも車に乗れって。よかったな、お姉ちゃんたち、もうちょっと一緒にいてくれるってよ。

## 5-14

「で？」女が男に訊ねる。

「で？　とは」男が女に聞き返す。

「私はまだ、肝心なところを聞かせてもらってないよ。箕輪ひとみが、泥棒に頼んでまで、お兄ちゃんが亡くなった時の状況を再現しようとした、その理由。いくら推理を並べ立てたところで、それを聞かせてもらうまでは、納得できないな」

「動機を正確に言いあてることなんて不可能ですよ」

男は淡々と言う。

「心のありようは、言葉にした瞬間に、その本質から遠ざかってしまうものですからね。悲しいと口にした瞬間に、それ以外の、細やかな感情の機微が、こぼれ落ちてしまうように」

女は鼻を鳴らす。「なんかよくわからないレトリックで煙に巻こうとしてるけど、要するに、わからない、ってことでしょ」

「ばれましたか」男は苦笑する。「ご参考までにうかがいたいのですが、あなたは、どうしてだと思われますか？」

女は面食らった顔をする。「私に聞くの？　それってちょっとずるくない？」

女は、少しの間、黙り込んでいたが、やがて、「たとえば、こんなのはどう？」と言うと、一度、下を向いてから、再び顔を上げ、

「ちょっとした憂さ晴らしのつもりだったんです」

と、箕輪ひとみの、あの自信なさげな表情と、おどおどした口調で、言う。

「まゆちゃんがあんなふうに脳天気に生きていられるのって、私たち家族のおかげじゃないですか。私たちが口をつぐんでいるから、都合の悪い現実を見せずにいるから、あの子は罪の意識に苛まれず、ぬくぬくと、楽しく日々を謳歌できている。

なのにあの子は家族みんなを馬鹿にしていた。

私のことも、あの子は馬鹿にしていた。あの子はずっと、私のことを、内心でずっと軽んじていた。見下してた。嗤ってた。垢抜けないお姉ちゃん。ださいお姉ちゃん。暗いお姉ちゃん。結婚にも失敗しちゃって惨めだね。がんばったのにね、かわいそうだね、って。せいぜい私に迷惑をかけないように、だんだん年をとっていく両親の面倒を見ながら、ゆっくりと自分も年をとってってよね、お姉ちゃんにはそれがお似合いだよね、って。

あの子が私の真似をするところ、見たことありますよね。誇張と嘲りを、甘ったるいドーナツの粉砂糖みたいにごてごてにまぶした、あの物真似を。昔っからあの子は

ああやって、私を笑いものにしていた。

ああむかつく。

私のほうがなんでもうまくできるのに。

何も知らないくせに。

だから、教えてあげたかったんです。

自分がどんなに恵まれた環境にいたのかを。

直接言わずに、あんなまわりくどい方法をとった理由ですか？　直接言ったら私が悪者になっちゃうからですよ。悪者にはなりたくないですからね。

ちなみに、もしオレンジジュースがあっても、カプセルの中身は、コーヒーに入れてたと思いますよ。だってそうじゃないと、露骨すぎて面白くないですもん。

あの子にはあくまで自力で気づいてほしかった。あの子が気づかなかったらそれはそれでよかったんです。というか、気づいてほしかったのかどうか、もう自分でもわかりません。

それにしても、ああ、なんであんなことしちゃったんでしょう」

そこで下を向く。再び顔を上げた時には、表情と態度は、元に戻っている。

「と、まあ、こんな感じじゃない？」

えへへ、と口元を持ち上げる女に、

「芸達者ですね」

男が感嘆したように言う。

「その笑いかた、妹さんにそっくりですよ」

「そうかな？」

女はそこで、再び箕輪まゆの、例のいくらか年齢不相応になりかけているいとけない童女めいた笑顔を、やはり彼女が姉を真似る時のような、カリカチュアめいた諧謔(かいぎゃく)を交えて披露してみせた。

その笑みが漣(さざなみ)のように、顔から去って行ったあとで、女は、

「聞きたいことは、これでぜんぶ？」

と、首を傾けて言う。

男はうなずく。「ええ。ありがとうございました」

「それはよかった」

と言って、肩をすくめる。

丸い空間の中、木の葉が、鳥が、虫が、それぞれの音を鳴らしている。空間全体が一つの小さなコンサートホールのようだ。女の視線の先、首の赤い鳥が一羽、ねじれたナラの枝に止まっていた。きゅろろろろ、と喉の中で球体を転がすようなその鳴き声を、女が聞くともなく聞いていると、出し抜けに男が、

「ああ、そうだ」

と言う。

気を抜きかけていた女は、反応が少し遅れる。「え、何。どうしたの？」

「大事なことを聞くのを忘れていました。十三年前、要さんの遺書が入っていた封筒には、他に何が入っていたんです？」

## 5-15

「当時の話を聞いた時点で、おかしいと思うべきでした。どうして遺書は封筒に入っていたのだろうか、と。文面が完成しているならともかく、ろくに中身を書いていないのだとすれば、書き終えてから封筒に入れるほうが、流れとしては自然です。先に折ってしまえば、便箋に折り目がついて、あとで書きづらくなってしまいますからね」

「そんなの人それぞれでしょ」

「と、言ってしまえばそれまでですが、しかし征一さんの時同様、要さんの時も、第一発見者はひとみさんでした。

ならば、こう思わずにはいられません。ひとみさんは、要さんが亡くなっているのを発見した時、すぐに家族に報告したのだろうか、と。

何しろ今回が今回ですからね」

「お兄ちゃんの時も、こそこそ暗躍していたと思われても、仕方がない、か」

「もっとも、正直なところ、これには確たる根拠は何もありません。推理と呼ぶのもはばかられるような、ただの思いつきです。だからこそあなたに聞きたかった。否定してくれるなら、それはそれで構わない。どちらにしても、それができるのは、あなたしかいませんからね」

「黙秘する、ってのもあり？」

「もちろん。それも一つの選択ですから」

女はしばらくの間、逡巡（しゅんじゅん）している様子だったが、じきにまあいいか、と言わんばかりに、ふっと表情を緩めて、

「今にして思えば、遺書もどきを、『ユリシーズ』の間に残したのは失敗だったね」

と言う。

「あの時は再現するのに躍起になってたけど、筆跡を真似できないなら、いっそのこと、何も残さないほうがよかったや。中途半端に白紙を入れたせいで、お兄ちゃんのほうまで別紙の存在をほのめかすことになっちゃった」

「ということは、やはり」

「そ」女はうなずく。「たしかにあの封筒には、お兄ちゃんの手紙の他にも、中身が入っていたよ」

「何が入っていたんですか」

男は表情こそ平静を装ってはいるが、その身がわずかに女のほうに乗り出している。

「入っていたのは、手紙」女は答える。「だけどお兄ちゃんの手によるものじゃない。あの便箋は、冒頭の『遺書』と、文末の署名で完結しているからね。もちろん手紙のマナーに則って、白紙の二枚目が入れられてたのでもないよ。だからそれとは別。

箕輪ひとみから箕輪要に宛てた手紙だよ」

「ひとみさんから、お兄さんへ？」

男が保っていたポーカーフェイスまがいの表情が、そこで一気に崩れる。何が書いてあったか、知りたくてたまらない様子だ。感情が顔に出るタイプ、というかこれは俗に言う、顔に書いてあるというやつだ、と女は思う。

だから女は、話の主導権を握った者にのみ許される、見ているほうがじれったくなるほどの、ある種の嗜虐性(しぎゃくせい)をともなった、ことさらに緩慢なそぶりで、デッキチェアに座ったまま、両手を体の上にやって、うーんと伸びをする。二十秒近くその体勢をキープし、存分に体を伸ばしたあとで、手をすとんとおろし、リラックスした表情で、ゆるゆると、悠長な動きで、周囲を見渡し、それからゆっくりと口を開く。

「それにしてもさ、ここって、いいところだよね。来るのはちょっとたいへんだけど。

地面も平らだし、静かだし、人も来ないし。この森に住む妖精たちが舞踏会をするなら、ここで決まり、って感じじゃない？」

男は眉をひそめる。「なんの話ですか」

「ここって、お兄ちゃんのとっておきの場所だったみたいでね。家族にも友達にも内緒にしてたんだ。教えたのは、まゆにだけ。でもさ、こんな人の目の届かない場所で、お兄ちゃんは、妹と二人きりで、いったい何をするつもりだったんだろう」

男は少し間をおいたのち、「なんの話ですか」と同じ言葉をくり返す。

「お兄ちゃんが妹にあげたあのうさぎのぬいぐるみ、見たことある？」

男はこれまでと同じ相槌を打ちかけたが、女の話に乗らなければ、先に進まないと判断したのか、「ええ」とうなずく。「廊下のきしみ具合をたしかめた時に、枕元にあるのが目に入りました」

「あのうさぎのぬいぐるみ。いかにも男の子が、女の子ってこういうのが好きだろうなって感じで選びそうな、ピンク色の大きなうさぎ。いかにも何かを仕込むのにちょうどよさそうな、あのおなかの中には、いったいいつから機械が入っていたのかな」

女が言葉を紡ぐにつれ、男の表情は強張っていく。女はそれを見て、昔、理科の授業で見た、鉱物が長い年月をかけて凝結するさまを早送りしている映像を、思い出した。

「お兄ちゃんお手製の毒入りカプセル。中に入っていたハシリドコロは、もちろん飲みすぎれば死に至るけど、容量を調節すれば記憶障害を引き起こす。

そして知ってた？　ハシリドコロが葉をつけるのって春の間だけなんだよ。夏の前に、根っこを残して、それ以外は散っちゃうの。お兄ちゃんは葉っぱをすりつぶして粉末状にしたって話だったけど、いつからカプセルを準備してたんだろう。そんな前から自殺を考えていたのかな。そうかもしれないけど、でも、もしそうじゃなかったとしたら、その用途は、いったいなんだろう？」

完全に固まってしまった男に、女は、

「気づいてしまえば、姉としては、何もしないわけにはいかないよね」と、つまらなそうに言う。「妹を守るため、とか、そんな立派な理由じゃないよ。そんな解釈じゃ的はずれすぎてたわしももらえない。

たんに自分の兄と妹が、そういうことになるのが気持ち悪かっただけ。

だから、お兄ちゃんをたしなめたの。

面と向かって言うのは抵抗があるから、手紙で。

万が一、妹が見ても読めないように、文字と便箋の色に工夫を凝らしてね。

そしたら、お兄ちゃんはびびっちゃったみたい。もともと不安定な人だとは思ってたけど、まさか遺書をしたためるところまで思い詰めるなんて。

好奇心が猫を殺すように、不安は人を殺す。

本当に死ぬつもりだったのかは、知らないけどね。

とにかく、封筒に入っていたのは、その手紙。

お兄ちゃんが、その手紙と書きかけの遺書を一まとめにしていた理由はわからないけど、お父さんが見つける前に気づけたのはラッキーだったな。そして見つけたら、そのままにはできないよ、知らなくていいことってあるもん。たとえば大事な一人息子が、たとえ血の繋がりはないとはいえ、当時小学生の妹に、春めいた関心を抱いてたとかね」

男は身じろぎをしてから、何か言いかけるが、その声もまた、まるで数千年を経て石化したかのように強張っている。喉に堆積した砂塵(さじん)を払うように咳払いをし、何かを口にしかけるが、思い直したように、細かく首を左右に振り、

「まゆさんは、色覚異常だったんですね」

と、おそらくは、はじめ口にするつもりでいたのとは、別のことを言う。

「え。気づいてたんだ」女は驚いた表情を浮かべる。「そう。先天性の、赤と緑の区別がつきづらいタイプのね。前のお父さんがそうだったんだ。私には遺伝しなかったんだけど」

「家族の中では、まゆさんだけが」

「そ。だからなおさら、緑で囲まれた、この村が嫌だったんじゃないかな」

「あの日、我々が着ていたコートも、同じ色に見えていたんでしょうか」

「ああ、あの派手な赤と緑の。そうだね、区別はついてなかったんじゃない？　前に、何かで見たことがあるけど、その二色は、どっちも茶色っぽく見えるみたいだね」

「ペアルックと思われていたかと思うと、心外ですが」

「そうは思わないと思うけど」女は苦笑する。「ま、あの子は、私たちとは見えてる世界が少し違った、ってことだね」

どっちの世界が美しいのかはともあれ。

皮肉混じりにそう締めてから、女はステンレスのカップを口に運びかけるが、中身が空であることを思い出し、そのままテーブルの上に戻す。

もう一杯いかがですか、と男が訊ね、もうたくさんと女が答える。

「ごちそうさま。おいしいコーヒーだったよ」

「そう言ってもらえると嬉しいですね。もっとも、去年、あなたが淹れてくれたコーヒーのおいしさには、かないませんが」

「さっきもちらっと言ってたけど、気づいてたんだね。あのコーヒーを淹れたのが私だって」

「ええ。彼女はコーヒーの淹れかたもろくに知らない様子でしたからね」

「あの子はそういうことは何もやらなかったから」箕輪まゆなら砂糖を足さずにはいられないような、苦い表情で女は言う。

「彼女が淹れてくれた紅茶はおいしかったですけど」

男は懐かしむように言う。

「一人になっても、仕事を続けてるんだね」

「他にできることもありませんから」男が自嘲するように言う。「毎日あくせく悪戦苦闘ですよ。ですが、あの泥棒たちの首根っこをつかむまでは、続けるつもりです」

「ふうん」と女。「でも、その髪型は正直、あんまり似合ってないね。以前の金髪も似合ってなかったけど」

「この髪型が似合ってないのは自覚していますよ」金髪はそれなりに気に入っていたんですがね、と男は頭をかく。かつて彼とタッグを組んでいた男とは髪質が違うせいか、その髪は、指に絡みつくことなく、するりとほどけてしまう。

「どういうつもりなの？　コスプレ？」

「一口では説明できないのですが、この格好をしていると、あいつが力を貸してくれそうな気がして」

「憑依（ひょうい）するみたいな？」

「と、いうよりは、舞台衣装といったほうが近いかもしれませんね」男は口の端だけで笑う。「あいつはものに執着がなかったから、形見になりそうなものもなくてね」

「二人の立場が逆だったら、あっちは、それを形見にしていたかもね」女はテーブルの上の、懐中時計を指さす。「すごく大事にしてるみたいだし」

「ああ、これですか」男はテーブルの上に視線を落とす。

「高級品なの？」

「ちっとも。実は、あいつとの初仕事でもらった金で買ったものでね。忘れもしない、足跡のない雪上の密室殺人。あれは難事件だったなあ」

独りごちるようなその声には、懐かしさと寂しさが、分かちがたく混じり合っていた。ちょうど砂糖を溶かしたコーヒーから、砂糖だけをとり出せないように。

渦巻く時の中、人は、現世から、人の記憶の中へと、否応なく流されていく。その途中、波にさらされて、色褪せていく。どうかそれがいつまでも鮮明でありますようにと、祈るように施す定着液（フィキサチーフ）も虚（むな）しく、はじめは点描画のように精密だった姿は、じきに色の濃いクレヨン画へ、そして水でぼやけた不出来な水彩画へと、形を変えていく。今向かいにいる男の頭の中にいる彼は、どの段階にあるのだろう、と女は思う。

「あ、もしかして、この場所を選んだのも、それが理由？」

「ええ。ここなら、あいつもまゆさんも、話を聞いてくれるような気がして」

「意外と迷信心深いんだね」

「迷信心深いという言葉ははじめて聞きましたが、意外とそうなんですよ」

先ほどどこかへ飛んでいったはずの蝶が、いつの間にかまた現れて、ひらひらとデッキチェアの周りを飛んでいる。ちょうど心電図の、脈拍を表す線のように、浮き沈みを繰り返す。しばらくの間、蝶は二人の周りを舞っていたが、やがて気まぐれを起こしたかのように、ふらりと空気の流れに身を任せるようにデッキチェアから遠ざかり、木洩れ日をくぐるように、空間を漂う。蝶はまるで座ったままの二人を、地面に縫いつけられたままの二人を嘲笑うように、不安定な優美さで、ほこらの横を飛び、まるい空間のふちまで行くと、さらにその先の、木と木の間に幾重にも張り巡らされたロープの間を、この先にある切り立った断崖から、これ以上誰かが足を滑らせて命を落とすのを防ぐために張られたロープの間を、難なくかいくぐり、森の奥へと姿を消す。

二人は見るともなくそれを眺めているが、ほとんど同じタイミングで、夢から醒めるように、我に返る。

男はテーブルの上を、黙々と片づけはじめる。かちゃかちゃと音を立てながら、カップやクッキーの缶などを、籐で編まれたバスケットに、手際よくしまっていく。

それを手伝いながら、女は、自分の母親が、今は海沿いの町で暮らしていることを話す。「お母さんの地元なんだ。この間、電話で話したけど、元気そうだったよ」

「そうでしたか」

「なんか仲のいい男の人ができたみたいでね」

「おや」

「一周忌もまだだってのにね。まあ、お母さんもあの子と同じで、男の人がそばにいないと駄目なタイプだからね」

「虹緒さんには、幸せになってほしいですね。あの人は、いささか悲しい目に遭いすぎていますから」

「本当にね」

片づいたテーブルの上、虫が跳び乗る。バッタかコオロギか、女が見分ける前に、青竹のように鮮やかな緑色をしたその虫は、折りたたんだ脚をばねのように使って跳躍し、草の中にまぎれてしまう。

「そちらは、今は何をされているんです?」

「普通にOLやってるよ。忙しいけど、そこそこ充実してるかな。休みの日は、同僚の子に誘われて、近所の劇団に混ぜてもらったりして。って、そのくらい調べがついてるんでしょ。あんな宛名で送ってきたんだから」

女の視線をかわすように、男は、

「舞台に上がる時は、妹さんの名前を名乗っているんですね」

と言う。

「芸名みたいな感じだね」女はテーブルに手をついて、腰を浮かす。「この名前でいると、なんだか自分じゃない人になったみたいで、人前で話すのも、男の人と話すのも、不思議と苦じゃなくて」

言いながら、女は下草を踏み分けて、まるい空間の中心へと歩いていく。ざくざくと、足下で音が鳴る。花の種が服に付着するが、構わない。

「舞台に出る前から、誰かを演じているようなものですからね。ある意味では一人二役と言ってもいいかもしれない」女の背に、男が言う。「『から騒ぎ』、『夏の夜の夢』。シェイクスピアの戯曲でも、一人二役はおなじみです」

円の中心に到達した女は、降り注ぐ木洩れ日を受けながら、くるりと半回転して男のほうを向き、

「シェイクスピアと言えば」

と、幸福な偶然に出くわした時に人がよくそうするように、表情を、ぱっとほころばせる。「私が混ぜてもらってる劇団の次の舞台も、シェイクスピアなんだ。それでね。なんと、劇団内でのオーディションの結果、ヒロイン役に私が抜擢(ばってき)されたんだよ」

「それはすごい」おめでとうございます、と男は、両手の指を、さながらカエデかモミジの葉のように広げて、ぱちぱちと拍手をする。周囲の木々が、それに追従するよ

うにその葉をこすり合わせる。森がざわめく。その拍手が巻き起こす風が、どうか私の背を押して、自由で広い世界へと送り出してくれますように、と女は思う。

「それで、演目は何を？」

自分の心が、ふわりと浮き立つのを感じながら、女は答える。「テンペスト」

本書は書き下ろしです。

この物語はフィクションです。作中に同一の名称があった場合でも、実在する人物・団体等とは一切関係ありません。

参考文献

『シェイクスピア全集　8　テンペスト』シェイクスピア著　松岡和子訳　ちくま文庫
『テンペスト』シェイクスピア著　小田島雄志訳　白水社
『夏の夜の夢・あらし』シェイクスピア著　福田恆存訳　新潮文庫
『変身物語』（上・下）オウィディウス著　中村善也訳　岩波文庫
『ノースロップ・フライのシェイクスピア講義』ノースロップ・フライ著　ロバート・サンドラー編
石原孝哉・市川仁・林明人訳　三修社
『快読シェイクスピア　増補版』河合隼雄・松岡和子著　ちくま文庫

宝島社
文庫

# 毒入りコーヒー事件
（どくいりこーひーじけん）

2023年8月18日　第1刷発行

著　者　朝永理人
発行人　蓮見清一
発行所　株式会社 宝島社
〒102-8388　東京都千代田区一番町25番地
電話：営業 03(3234)4621／編集 03(3239)0599
https://tkj.jp
印刷・製本　中央精版印刷株式会社


Printed in Japan
ISBN 978-4-299-04610-9